メディアワークス文庫

【ドラマCD付き特装版】
境界のメロディ

宮田俊哉

目　次

空と海が鏡合わせになったような、幻想に満ちた世界。

空と海の澄んだ青が互いに混ざり合って、どこまでも続いている。

水面に映った輝く太陽はとても鮮明で、海の中に実物が沈んでいるのではないかと思うほどだ。

そんな世界の中心には、ぽつんと水面に浮かぶようにバス停が存在していた。

すぐ横に置かれたベンチには、金髪の青年が腰かけている。彼のアコースティックギターによる弾き語りが、澄んだ世界を駆け抜けていく。

歌詞はなく、綺麗（きれい）な鼻歌。ギターの正確なアルペジオ。周囲に響くその音色は少し切なく、そして曲として未完成だった。

一台のバスがどこからかやってきて、静かにバス停で止まる。

金髪の青年はギターを弾く手を止め、バスを一瞥（いちべつ）してからつぶやく。

「忘れ物……」

その声は、幻想の青に溶けて消えた。

第一章　キョウスケとカイ

嫌になるほどの快晴だった。じりじりと焼かれるような強い日差しの下、天野カイの法要が行われていた。熱気がこもった大きな寺の中では、けたたましい蟬(せみ)の声に負けじと、読経が響き渡っている。

祭壇の中央に飾られているのは、遺影とは思えないほど満面の笑みを浮かべたカイの写真。その前で、十数名の人達が神妙な面持ちでうつむいていた。

しかし――弦巻(つるまき)キョウスケだけは顔を上げ、じっとカイの遺影を見つめている。

「……なぁ、カイ。もしお前が生きていたら俺たち、何してるのかなぁ」

キョウスケの力ない呟きは、読経にかき消され、他の参列者の耳に届くことはない。

そのうちに読経が終わり、和尚の法話の後に親族達は会食に案内されていく。それを尻目に、キョウスケが無言で寺を出ようとしたその時だ。

「キョウスケ君、少しいいか？」

静かで低く品のある声に呼び止められた。キョウスケが振り返ると、そこには喪服をハイブランドのブラックスーツと見紛(みまが)うような、渋い大人の色気がある男性がいた。

カイの父親、天野ジンだ。

「お久しぶりです」

軽く頭を下げたキョウスケには、この後ジンが口にする言葉の察しがついていた。

「……キョウスケ君、もう音楽はやっていないのか？」

それは一年前と全く同じ問いかけ。

そしてキョウスケもまた、一年前と全く同じ返答をした。

「はい、もう辞めました。すみません」

「……そうか」

ジンは少し寂しそうな表情を浮かべる。キョウスケは気づかない振りをして一礼すると、その場を足早に立ち去った。

◇

キョウスケは、カイの命日には決まって、「リンリン」という中華料理店に行く。

建物は古く、各所に劣化が見られるものの店内は常に清潔に保たれている。そのため、常連客はそれなりに多い。

店先には170センチはあろうかという巨大なパンダの置物が鎮座していた。アニメタッチの表情でなぜかウィンクをしているそれを、店主は中国で開催された中華料理大会で入賞して手に入れたと主張しているが、本当は参加賞なのではないかと常連達は疑っている。

キョウスケが入り口の暖簾(のれん)をくぐり店内に入ると、レジで作業しているミディアムの綺麗な茶髪の女性が振り返った。

「いらっしゃい！」

明るく元気な声が店の中に響く。リンリンの看板娘、ユイだ。

「あっ……」

一年前のカイの命日と変わらず、暗い顔つきをしているキョウスケを見て、ユイの笑顔が一瞬だけ陰ったが、すぐに普段のテンションを取り戻して彼に話しかける。

「一年ぶりだね、キョウちゃん。元気だった？　ほら、席座って！」

ユイに案内されたキョウスケは、昔から決まっている定位置の席に着く。

「ありがとう」

ランチタイム終了間際でキョウスケ以外に客はおらず、店は貸し切り状態だった。

「注文は？」

「かに玉で」

ユイは厨房にいる店主の父親に注文を通す。

「お父さん！　かに玉一つ〜！　サービスしてあげてね！」

その言葉を聞いたキョウスケは慌てた様子でユイに言う。

「具なしのかに玉ね！　あと、サービスはしなくて大丈夫だから！　……わかってるだろ？」

ユイは表情を少しだけ曇らせたものの、再び笑みを浮かべ、厨房に向かって注文を訂正する。

かに玉を待つ間、久しぶりに訪れた店内を眺めていたキョウスケは、あるものを発見した。

「……まだ置いてあるんだ」

レジ横に置かれた、何も印刷されていない真っ白なCDと、キョウスケとカイが弾けるような笑顔で写っている写真。

時間が切り取られたその中でカイはニッと笑っていて、キョウスケの瞳には思わず涙がにじむ。悲しさや悔しさ、マイナスな感情が胸の中で渦巻いて、呼吸が徐々に浅くなる。

「キョウちゃんお待たせ！　具なしかに玉だよ！」

明るいユイの声で、キョウスケは現実に引き戻された。

目の前のテーブルに運ばれてきたかに玉は、美味しそうな湯気をたてていた。

しかし、それは店の正式メニューである豪華なものではない。

申し訳程度にカニカマが少し載っているだけの、具なしかに玉だった。

「いただきます」

キョウスケは手を合わせ、具なしかに玉をそっと切り崩して口に運ぶ。

久しぶりに食べる味。質素ながらも優しいその味は昔と変わっておらず、キョウスケはわずかに微笑んだ。

「具なしかに玉、懐かしいね」

いつの間にかキョウスケの向かいの席に座っていたユイが言う。

「……」

キョウスケは、無言で具なしかに玉を食べ続けながら、カイと過ごしたお金のない学生時代を思い出していた。

「今日、だよね」

ユイがぽつりとこぼす。キョウスケは小さく頷いた。

「……うん。カイの命日はこれを食べなくちゃいけない気がするんだ。今年も出してくれて、ありがとう」

ユイは具なしかに玉を嚙みしめるように食べるキョウスケのことをじっと見つめる。

昔、キョウスケとカイはいつもこの席で、具なしかに玉を食べていた。

二人は、三年前まで『かにたま』という音楽デュオを組んでいた。キョウスケはピアノ、カイはギターを担当し、メジャーデビューの話がくるほどの実力だったのだ。だが――。

「キョウちゃんピアノは？　最近弾いてる？」

キョウスケは具なしかに玉を食べる手を止め、水を一口飲んでから答える。

「それ、ジンさんにも毎年訊かれるよ。でも……ピアノは辞めたんだ」

少し苦い声色だった。そしてもう話は終わりとばかりに、キョウスケは食事を再開する。

「でも、あれから三年だよ。キョウちゃんも、その、そろそろ気持ちを切り替えないと……」

ユイは壊れやすいものに触れるように、おそるおそるそう告げたが、キョウスケは返事をしなかった。

「キョウちゃんのピアノ、また聴きたいな。私だってカイのことを忘れたわけじゃない。だけどカイの分まで楽しく生きなくちゃ！　ね？」

「……ユイは強いな」

キョウスケは静かにスプーンを置く。具なしかに玉はすでに綺麗に完食されていた。

居心地悪そうに視線を下げたキョウスケは「ごちそうさま」とだけ言い、テーブルにお金を置いて店から出ていく。

「私、ぜんぜん強くないよ……」

その後ろ姿を見つめながら、ユイは悲しそうに唇を噛んだ。

帰路についたキョウスケは頭の中で、先ほどのユイとのやりとりを反芻（はんすう）していた。

ひどい態度を取ってしまった自覚はあった。しかしキョウスケは、カイのことを忘れて先に進もうという気にどうしてもなれない。

次第に陽（ひ）が落ち始める。いまだ強い陽射しをその背にじりじりと浴び、キョウスケが帰り着いたのは築三十年の激安賃貸マンションだ。キョウスケは四年前からここに住んでいる。

エレベーターがなく、階段でしか上り下りができない四階建て。

そこの二〇四号室がキョウスケの部屋だった。

「あれ、電気消し忘れてる？」

二階の自分の部屋の窓から、光が漏れていることに気づく。些細なことではあるが、カイの命日に何かを忘れるなんて。

慣れた足取りで部屋の前までいくと、室内からかすかにテレビの音が聞こえてきた。

「あ、テレビも消し忘れてる……」

そんなに色々忘れるだろうか、と釈然としないものを感じながら解錠し、キョウスケがドアを開けた瞬間。

部屋の奥からテレビの音と——誰かの大きな笑い声が溢れてきた。

キョウスケはようやく状況を理解する。自宅に何者かが侵入しているのだ。

突然湧き上がった恐怖に、動くことも声を発することもできない。

侵入者も、部屋のドアが開いたことに気がついたのだろう。室内から笑い声が消え、代わりにガタッと何かを動かす音が聞こえる。

そうして大きな足音が近づいてきて。

「よう！」

部屋に不法侵入した男は悪びれることもなく、右手を上げてそう声をかけてきた。

「──っ」

キョウスケは目を見開き、絶句してその場に立ち尽くす。顎のラインを伝って冷や汗が流れ落ちた。

そこにいたのは金髪で小柄、見覚えのある着古したロックTシャツにダボダボのダメージジーンズを穿いた若い男。

彼は笑顔でキョウスケのことを見ている。

「………」

「あれ～？　キョウちゃ～ん！」

キョウスケがよく知っている、人懐っこい声。

二度と会えない、失ったはずの存在。

「お～い！　キョウちゃ～ん！」

その男はさらに距離を縮め、キョウスケの目の前に顔を近づけてきたり手を振ったりと動きまわっている。

キョウスケはようやく声にならない震えた声を出した。

「カ、カイ……？」

目の前の金髪小柄な男は一瞬きょとんとした顔をし、その直後、爽やかな表情を見せる。

「うん！　カイだよ。久しぶり！」

ついさっき、法要に行ってきたばかりだというのに。

生きていた頃と何も変わらない姿で、カイがキョウスケの目の前に立っていた。

透けてもいないし、脚もある。いったい何が起こっているのか。

頭の中が真っ白になったキョウスケは、呆然とカイを眺めることしかできない。

「ほら！　玄関で立ち話もあれだし、中入れば？」

キョウスケの混乱をよそに、カイはまるで自分の家みたいにそう言って踵を返した。

この図々しさがカイの長所であり、欠点でもある。

そしてその振る舞いは、この金髪小柄な男がカイ本人であることを裏付けていた。

キョウスケは冷静さを取り戻すために、一度深く呼吸をする。

途端に、脳に酸素が流れ込み、様々な疑問が一気に押し寄せる。キョウスケは玄関で靴を脱ぎ捨て、急いでカイの後を追った。

「本当に……カイ、なんだよね？」

カイは室内のソファにどかっと腰かけていた。

「だから〜！　そうだって！」

「……なんでここにいるの？」

「キョウちゃんに会いにきた！」

カイは気持ち良いほど元気よく、そう言い切った。

しかし、死んだ人間が再び現れた理由には全くなっていない。

「どうやって？　なんでここにいるの？　ぜんぜんわからないんだけど！」

キョウスケはカイにひたすら疑問をぶつけ続ける。混乱のせいで、意図せず語気が強くなっていく。

「カイ！　答えろよ！」

「……」

カイは問いに答えず、無言で部屋の片隅に置かれた電子ピアノへと視線をやった。

そうして、少し寂しそうな声色で言う。

「キョウちゃん、ピアノやめたの？」

ピアノの上には洗濯物や郵便物が無造作に積まれていた。もう何年もその蓋は開かれていない。

「あ、うん……」

カイの直球な質問に、キョウスケは後ろめたい気持ちになる。

「ってか、それよりなんでいるんだよ。カイは三年前に……」

「うん。死んだ」

キョウスケがためらった言葉をあっさりと引き継ぐ。

まるで普通のことのように話すカイを前にして、キョウスケは返す言葉が見つからない。

いつだってそうだった。カイはどんな状況でも、明るく振る舞える人間だった。誰にでも気さくで、人懐っこくて――。そんなところが人に愛される所以だったし、実際、キョウスケもそんなカイだからこそ心地良い時間を共に過ごせた。

カイは家主であるキョウスケに気を遣う素振りもなくキッチンに向かい、我が物顔で冷蔵庫を開ける。

「あー！　ドクペないんだけど。買っといてよ～」

キョウスケとカイは、この部屋で練習する時によくドクターペッパーを飲んでいた。

ドクターペッパーとは、独特なアメリカンチェリーのような味の飲み物だ。

「……ごめん。――ってか！　ここ、俺の家だから！　飲みたいなら自分で買ってこいよ！」

キョウスケは反射的にツッコんだ。その瞬間、学生時代の二人のやりとりが鮮明に思い起こされる。

「俺、死んでるんだから買いにいけるわけないじゃん。キョウちゃんの家といえばドクペなのに～」

「やめてよ！　黒歴史だから！」

「キョウちゃん、ドクペ飲むのがカッコいいと思って、ひたすら飲んでたもんな～」

キョウスケはピアノの椅子に腰かけ、カイはソファに戻って胡坐をかく。

いつの間にか、二人は三年前までの定位置に収まっていた。

「なぁ、カイ。どうしてここにいるの？」

キョウスケが改めて投げかけた問いに、カイは少しだけ悩んだ表情をしてから口を開く。

「――忘れ物、取りにきた」

「忘れ物……？」

「うん。でもそれが具体的になんなのか、思い出せないんだよね。ここに来るまでは覚えてたはずなんだけど……。キョウちゃん、心当たりある？」

再び笑顔に戻るカイ。キョウスケも「忘れ物」に思考を巡らせるが、まったく見当がつかなかった。

「うーん……」

するとと突然、カイが「キョウちゃん！　音楽やろうよ！」と声を張り上げる。思わずキョウスケはピアノの椅子から転げ落ちそうになった。

「いやいや！　急に言われても無理だよ。もうピアノは辞めたし、歌もずっと歌ってないから！」

カイはソファから立ち上がり、ずいっとキョウスケの眼前まで近づく。

そして。

「ほらっ。まずはピアノの上、片付けよ！」

満面の笑みで、キョウスケにそう提案した。

昔から、カイは物事を強引に進める癖がある。

二人で音楽を始めた時もそうだった。

高三になってすぐの頃だ。放課後、キョウスケが音楽室で一人ピアノを弾いていたところに新入生だったカイが乗り込んできた。

そして唐突に言ったのだ。

「あんた、ピアノ上手（うま）いね」

初対面で突然ぶつけられた、ぶしつけな言葉。

それがキョウスケとカイの出会いだった。

いきなり「あんた」呼ばわりされ、最悪な第一印象だったが、なんだかんだと仲は深まり、引っ込み思案な性格から高三になるまで友人がいなかったキョウスケにとって、カイは初めての友人となった。

キョウスケはせっせと電子ピアノの上を片付けるカイを見ながら、「片付けるのはいいけど、もうピアノは弾けないよ」と声をかける。

「いいから片付けろ！」

カイはあの頃と変わらない強引さでキョウスケを動かす。キョウスケは出会った時からこの強引さに弱かった。

「はいはい……」

観念して片付けを始めたキョウスケと入れ替わるように、カイは部屋の中をウロウロと歩いて物色する。

「あんまり部屋の中見るなよ。ってか、片付け手伝ってよ」

「キョウちゃんが散らかしたんでしょ？　あれ、もしかして見られたら恥ずかしいものでもあるの～？」

「別にないけど……。なんか嫌じゃん」

「ふ～ん」

他愛もない、普通の会話。

まるで時間が巻き戻ったようだった。

「ってか！　カイって普通に物に触れるの？」

「あはは！　触れるよ。自分でも不思議なんだけど」

「本当に生きてるみたい……」

「まあね！」

カイはそれほど広くない１Kの部屋の中をずっと歩き回っていた。まるで何かを探しているかのように。

「だから、あんまりジロジロ見るなよ」

カイは不快そうなキョウスケの声音を気にもせず、逆に不機嫌そうに口を開いた。

「ねぇ、キョウちゃん。俺たちのCDはもうないの？」

「……あるよ」

「え！　どこ？」

キョウスケはベッドの下に備え付けられている引き出しを指さした。

「おい～、ベッドの下ってちょっといやらしいぞ～」

「なんでだよ……」

「開けていい？」

その瞬間、キョウスケはハッと何かを思い出したかのように片付けの手を止め、声を張る。

「ダメ！」

その勢いに、カイはビクッと動きを止めた。

「あ、いや……ごめん。俺もしばらく開けてないからさ！」

「そっか──ってか！　だいぶ片付いたじゃん。ようやくピアノが見えた！」

山ほど積まれていた洗濯物や郵便物は綺麗に整頓され、キョウスケとカイのよく知る電子ピアノがその姿を見せていた。カイは思わず電子ピアノをスリスリと触る。

「懐かしいな～」

「本当だ。自分の家なのにしばらく見てなかった」

「ピアノが可哀想だよ。ちゃんと弾いてあげなくちゃ！」

「そうだな、久しぶりに弾いてみようかな……」

二度と弾くことはないと思っていたピアノ。キョウスケは自分でも気持ちの変化に驚く。その瞬間、「バシッ！」と背中が強めに叩かれた。

「痛っ！」

「キョウちゃんの音、聴かせてよ」

「うん……」

カイの後押しもあり、キョウスケは静かな緊張とともにピアノの椅子に座る。

「なんか緊張するなぁ。本当に久しぶりだから」

三年前まで、ピアノはキョウスケの生活の一部だった。

キョウスケがピアノを始めたのは三歳のころ。ピアノ教室の講師をしている母に鍛えられ、カイと出会うまではずっとクラシックをやっていた。

「いくよ」

キョウスケは震える指を鍵盤に置いた。そうしてゆっくりと演奏が始まった。

曲は昔、指ならしとしてよく弾いていた『エリーゼのために』。三年ぶりに感じるピアノの鍵盤の重さ。その演奏は決してなめらかとは言い難く、たどたどしさがある。

演奏を始めてすぐ、カイはピアノを弾くキョウスケの指を見て固まった。

四小節目に差しかかった辺りで、キョウスケはカイにちらりと目をやり、そのことに気づく。演奏に聴き惚れているのだろう、とキョウスケは思い、「ふっ」と微笑んだ。

カイが死んでからずっと避けていたピアノ。だがそのカイに背中を押され、こうして鍵盤に触れている。不思議な気分だ。

八小節目を弾き終えたところで演奏をやめ、キョウスケはしみじみと口を開く。

「カイ、なんか懐かしいな。またこうして会えたことで一歩進めた気がする」

「……」

「あれ？　カイ？　お〜い？」

演奏をやめても固まったままのカイだったが、キョウスケの呼びかけでようやく目が合った。

「キョウスケちゃん……」

「カイにまた会えて、ピアノを弾くことができたよ。本当にありがとう」

キョウスケはハイタッチをしようとカイの方に向き直り、右手をあげるも、カイは無反応だった。

「カイ？」

そうしてカイは、突然頭を抱えて叫んだ。

「ド下手――――――――！」

「え？」

予想外の反応に、キョウスケは理解が追いつかない。カイはブツブツとつぶやきながら部屋の中を早足で歩き始める。

「ちょっと待って、キョウちゃん下手すぎ。え？　元々こんな下手だったっけ？　うわー、キツいわ〜、えー、どうしようどうしよう」

キョウスケはカイの様子に若干傷つきつつも、なんとか落ち着かせようとする。

「え、いや、俺も久しぶりだったし。ってか！　ちょっと落ち着いて！」

「落ち着けるか！　こんな演奏ずっと聴いてたら死ぬわ！　もう死んでるけど！」

あまりの言いようにキョウスケは気の落ち込みを隠せなかった。そっとピアノの前から離れ、ベッドの上で体育座りをし、顔を伏せる。

そんなキョウスケを見て、カイは若干落ち着きを取り戻したのか、定位置のソファに座り、深く息を吸ってからゆっくりと吐き出した。

「キョウちゃん、ここ、開けていい？」

黙ったまま頷くキョウスケ。

カイはそっとベッドの下の引き出しを開けた。その瞳がうっすらと輝く。

そこには二人で撮った写真や自主制作したCD、楽譜などが整然としまわれていた。

「キョウちゃん、全部取っておいてくれてるんだ」

「当たり前じゃん。かにたまは俺の宝物だから」

かにたまとは、二人が学生時代に組んだデュオのユニット名。カイはキョウスケの言葉を受け、嬉しそうにニッと笑顔を見せる。

「俺もだよ！　ってか、なんでさっきこの引き出し開けるの嫌がったの？　あ！　わかった！　自分の作品興味ありません！　みたいな感じのダサいやつだ！」

「そういうわけじゃないよ」

体育座りのキョウスケは目を伏せ、歯切れ悪く答える。

「なんかさぁ。カイがいなくなってからの三年間、現実を受け入れなくちゃダメだってずっと思ってはいたんだよ。でも俺には無理だった。あれからピアノを弾こうと思ったこともあるんだけど、どうしても弾けなくて。俺たちの曲を聴こうとしても、カイがいなくなった日のことを思い出してさ……」

カイは真剣な顔つきになってキョウスケを見つめる。

「今、ここにいるカイが自分の幻想だったとしてもいいかな？　ずっと一緒にいられたらいいかな？　って思ったんだ。そしたらピアノに向かうことができた。まあ、下手くそになってたけど……」

静寂が部屋を包み込む。

どのくらいそうしていただろうか。不意にカイが引き出しの中に手を伸ばし、小さなプレゼントボックスを取り出した。ラッピングが破け、角が潰れている。

「これって……」

カイの言葉にキョウスケはようやく顔を上げた。プレゼントボックスに視線を向け、言いよどみつつも説明をする。

「それ、事故に遭った時にカイが持ってたやつ。覚えてるだろ？　俺たちからユイに贈るはずだったプレゼント。結局渡せないまま、ずっと保管してるんだ。それ見るのキツいかなと思って、引き出しを開けるの止めたんだよ」

カイは手に持ったプレゼントボックスをじっと見る。そうして何かを思い出したように「忘れ物が何かわかったよ……」とつぶやいた。

「え？」

キョウスケの混乱をよそに、カイは突然立ち上がり、声を張り上げる。

「キョウちゃん！　ライブしよう！」

「は⁉　無理！」

反射的に拒否するが、カイは勢いよくキョウスケの腕を引いて、ベッドから立ち上がらせる。

「無理じゃない！　きっとあの時のライブをきちんとやり遂げるために、俺は戻ってきたんだ！」

「あの時って……」

「俺が事故に遭ってできなくなっちゃったライブ！」

キョウスケの頭の中に、カイが事故に遭った日の記憶が蘇る。ずっと心の中で蓋をしてきた記憶だ。

「……」

「あの時と全く同じシチュエーションがいいよね！　ユイを呼び出してサプライズでライブして、三年前に渡せなかったプレゼントを渡したら、きっと喜んでくれるよ！」

「……あの頃とは違うよ」

キョウスケは震えた声で力なくつぶやく。

「え？」

顔を歪ませたキョウスケはカイの手を思いきり振りほどいた。

「もう無理だよ！　なんでそんなに笑ってられるんだよ！」

カイがこんなキョウスケを見るのは初めてだった。穏やかで優しく、どこか優柔不断ないつものキョウスケとはまるで違っていた。

「キョウちゃん……？」

キョウスケは少しだけ冷静さを取り戻し、続ける。

「……あれからもう三年経った。カイがいなくなってからみんな変わったんだよ。二人でメジャーデビューする話もなくなったし、俺はあれから音楽も辞めた。ユイと会うのも一年に一回、カイの命日だけ。もうあの頃とは違う」

キョウスケの静かな話し方の中には、寂しさとほんの少しの怒りが込められていた。

カイはその怒りが自分に向けられたものだと感じた。

「そっか……。ごめん、キョウちゃん。俺、知らなかったんだ。でもさ、辛い時こそ笑わないとドンドン辛くなっていくよ」

「……」

キョウスケは何も返せず、ただカイを見つめた。沈黙に支配された部屋に差し込む西日が、カイを幻想的に照らしている。

今にも消えてしまいそうで、触れたら壊れてしまいそうで。

キョウスケは、思わずカイに見惚(みと)れた。

その短くも永遠に感じられる時間を終わらせるように、カイが笑顔で言った。

「キョウちゃん！　ユイんちのかに玉食べにいこう！　腹減った！」

そうだった。カイは昔から、気まずいとか空気が重たいとか、そういうことを一切気にしない。よくも悪くも空気が読めない男だった。でも、そんなカイに救われていた面もある。

「お、おう。って、俺はさっき行ってきたばかりなんだけど！　え？　カイもお腹(なか)減るの？」

「そりゃ減るだろ！　俺、幽霊なんだぞ！」

「え？　どういうこと？　幽霊の常識なんてわからないよ！」

「俺だってわかんないよ！　初めて幽霊になったんだもん！」

「それはそうか……」

「行こうよ～、俺も久しぶりに食べたいんだ～。一人だけ食べてずるいぞ～」

なんだか毒気を抜かれてしまって、冷静に考え込むキョウスケは、ふと浮かんだ疑問をカイにぶつける。

「そういえばカイって、俺以外の人からも見えるの？」

カイはきょとんとした表情でキョウスケを見つめた。

「え？　わかんない……。気づいたらキョウちゃんの部屋にいて、他の人と会ってないから」

「え……」

そうしてカイは勢いよく「よし！　行こう」と部屋を出て玄関に向かう。

「落ち着けって！　一回話そう」

キョウスケはその腕をつかみ、前進を止めた。

「え？　なになに？　行かないの？」

慌てるキョウスケとは対照的に、あっけらかんとしているカイ。

マイペースすぎるカイに、キョウスケは少しだけイラついてしまった。一度部屋に連れ戻し、カイをソファに座らせる。気づくと、じわりと額に汗をかいていた。

「もしユイにカイの姿が見えなかったらどうするんだよ？」

「それはその時考えればよくない？」

カイは学生時代から何も変わらない。行き当たりばったりで後先を全く考えていない。そんなところも魅力的なのかもしれないが——。

「ちゃんと作戦練ろうよ」

「どんな？」

「俺だってわかんないよ……。う〜ん、じゃあ、こうしよう。ユイに会いにいくけど、カイは一切しゃべっちゃダメ。こっちからは何もアクションを起こさない。もしユイが何かしら反応したらカイのことを話そう。わかった？」

カイは理解したのか、ニッと笑う。

「大人しくできる自信ないけど、とりあえずわかった！」

「それ、わかってるのか？」

そうして二人は外出の準備をし、キョウスケは若干緊張しながら玄関を出る。対してカイは頭の上で手を組み、呑気(のんき)にキョウスケの後を追った。

Tシャツの裾をパタパタとさせながらカイが上機嫌で「かに玉作ってくれるかなあ？」と言った。

◇

幽霊のカイと外で会話することにためらいがあるキョウスケは、小声で返す。

「そもそもユイがお前のこと見えるかどうかだろ」

「そうだね！ もし俺のことを見ることができたら、みんなで一緒に食べようぜ～」

「だから俺はさっき食べたんだって……。ってか！ 外であんまり話しかけるなよ！」

「え～、話しかけないの無理かも～」

ニヤニヤとからかうような表情を見せるカイ。完全に楽しんでいる様子だ。

「もうすぐ着くから黙っててよ」

そんな会話をしているうちに、中華料理店リンリンが見えてくる。ランチタイムが終わって夜営業まで暇な時間帯なのか、ユイが軒先の掃除をしている。

「あ、ユイだ……。やばい、緊張してきた……」

反射的に電柱の陰に隠れてしまったキョウスケだったが、「ちょっと～！ ここまで来たんだから〜！」と、カイに引っ張り出されてしまう。

そもそも幽霊と並んでいるキョウスケが、周囲からどう見えているのか想像もできない。

仮に他の人からもカイが見えるのであれば問題ないが、もし見えなかった場合、キョウスケは一人でしゃべっている不審者でしかない。考えれば考えるほど緊張してくる。

「本当に俺に話しかけるなよ！」

「はいよ」

気温のせいか、緊張のせいか。こめかみを伝い落ちる汗をハンカチで拭い、恐る恐る一歩を踏み出すキョウスケの表情は硬く、脚は震えている。

「頑張れ！」

「痛っ！」

背に受けた唐突な衝撃に、キョウスケは思わず大声で反応する。

「だから！　話しかけるなよ！」

――そう叫んだ後、すぐ犯した過ちに気づいたが、時すでに遅し。

ユイが驚いたように、キョウスケのことを見つめていた。

「キョウちゃん？」

　熱されたアスファルトのせいか、ユイはゆらゆらと蜃気楼に包まれているかのように見えた。再び緊張が走る。

「お、おう……」

　なんと切り出すべきかわからず、立ち尽くすキョウスケを不思議に思ったのか、ユイが近づいてくる。

「どうしたの？　忘れ物？」

「あ、えっと……」

　しどろもどろのキョウスケを見ていられなくなったカイが、代わりに返事をする。

「よ！　久しぶり！　いや～、実はさ、俺戻ってきたんだよね～。わかる？　カイだよ！」

　約束を破って話しかけたカイをとがめることなく、キョウスケはごくりと喉を鳴らした。しかし、ユイはカイの声に全く反応せず、変わらずキョウスケに不思議そうな視線を向け続けている。

　その様子を見て、キョウスケは確信した。

　――ユイにはカイのことが見えていない。

怪しまれないように、なんとか明るく取り繕う。

「あ、ごめん、たまたま通っただけだよ」

「？　なんか変だよ？　なんかあった？」

キョウスケのから回った明るさに疑問を持ったのか、ユイは心配そうに訊ねてくる。

「いつも通りだよ！　じゃあ……行くわ！」

相当無理があることはキョウスケも承知の上だった。しかし動揺したまま、ユイとこれ以上会話を続けることはできない。

ユイはそんなキョウスケの心境を察したようだった。質問を重ねることはせず、笑顔を作って手を振る。

「うん。またね！」

「お、おう！」

そうしてくるりと踵を返し、帰路につくキョウスケ。カイは後を追う形でキョウスケについていく。

数分はそうしていただろうか。ついにしびれを切らしてキョウスケが口を開いた。

「ユイには見えてなかったな……」

「……」

ただ静かに、ゆっくりと歩みを進める二人。キョウスケは思考を巡らせる。

カイが見えるのは自分だけかもしれない。目の前にいるカイは自分が都合よく作り出した幻想にすぎず、幽霊でさえないのかも。そもそも死んだ人が見えたり、話したりできるほうがおかしいことで——。

「キョウちゃんは俺が見えるし、話せてるよね？　キョウちゃん以外に見えないってことはさぁ、俺ってキョウちゃんの幻想？」

思考を読み取ったかのようにカイは言った。キョウスケは言葉を詰まらせる。上手い返事が見つからない。

「キョウちゃん？」

うつむいたまま固まるキョウスケの表情をうかがうように、カイが近づく。

「……それでも良いじゃん」

「え？」

キョウスケは顔を上げ、無理やり声のトーンを明るくする。

「それでも良いじゃん。幻想だったとしても、またこうして会えたんだから。ずっとこのまま一緒にいられれば……」

キョウスケの切実な想いを聞いて、カイは思わず下を向き、唇を嚙む。二人の間にそれ以上の言葉は生まれなかった。

真夏の沈み始めた太陽の日差しに、蝉の鳴き声だけが響き渡る。

カイがこんなに辛そうな様子を見せるのは初めてだった。すぐに発言を後悔したキョウスケだったが、カイはつい、と顔を上げてニッと笑う。キョウスケに気を遣っていることがバレバレな、下手くそな笑顔だった。

「なにキモいこと言ってんだよ！」

「キモいとか言うなよ！」

キョウスケも不器用な笑顔で答える。

そうして二人の下手くそな笑い声が、夏の空に吸いこまれていく。

「キョウちゃん、帰ろうぜ！」

「おう」

「あ～、かに玉食べたかったな～」

口を尖らせながらキョウスケの前を歩くカイ。キョウスケはその背中を見ながら、少しだけ自分の本音を伝えられたことを、嬉しく思う。

二人の背中を、夕陽が優しく照らしていた。

◇

「ちょっと、カイ！　うるさい！」

テーブルの上には食べ散らかしたコンビニ弁当のゴミと、ほんの少しだけ残ったドクターペッパーのペットボトルが転がっている。

爆音で洋楽のロックが流れ、ソファの上ではこの状況を作り出した犯人、カイがリズムに合わせ激しくエアギターを弾いていた。

「うるさいって！」

部屋に帰ってきたキョウスケは、慌ててテレビの横に置いてあるスピーカーのボリュームを0にした。カイはムッとした表情をする。

「なんで止めるんだよ！　今いいところだったのに〜」

「こんな時間に爆音で音楽をかけたら近所迷惑！」

時刻は二十三時。完全なマナー違反である。

「キョウちゃ〜ん、わかってないね〜。ロックってのは夜に盛り上がるもんなんだぜ！　ロックバンドのライブだって夜公演が多いだろ？　つまりそういうこと！」

「それはライブの話だろ⁉　ここ普通のマンションだから！」

キョウスケがイラつきながらそう言うと、カイも負けじと言い返す。

「普通のマンションじゃなくて、普通よりも家賃が安くて壁の薄いマンションだろ！」

ついにキョウスケの堪忍袋の緒が切れた。

「壁が薄いなら余計ダメだろ！　お前、自由すぎるんだよ！」

「あっ！　そうか……」

カイは冷静さを取り戻し、スンッとした表情でつぶやいた。

コントのようなやり取り。ついさっきカイと再会したばかりだというのに、何度こんなことがあっただろうか。キョウスケはため息をついて、手にしていたコンビニの袋を雑にテーブルの上に置いた。

「ほら……。これ買ってきたから。っていうかゴミ片付けろよな」

「おぉ！　これこれ〜！」

カイが袋から取り出したのは、週刊少年漫画雑誌だ。

興奮するカイを横目に、改めて部屋の惨状を確認する。

ギターのピックやテレビのリモコン、中途半端に開けられたポテチの袋などが床に散らばっている。綺麗好きなキョウスケとしては到底許せない。

「散らかしすぎだろ……」

文句を言いながら片付けを始めるキョウスケを無視し、カイはソファに寝転んで漫画誌のページをパラパラとめくっていく。

「あれ？　俺の好きな漫画、全部終わってるじゃん……」

「……」

キョウスケはカイが亡くなってからの時の流れを感じ、うつむいてしまう。カイは漫画雑誌を閉じてテーブルの上に置くと、ぼふっとベッドに倒れ込んだ。

「あーあ。毎週楽しみにしてたのに！　俺の知らない雑誌みたいだ」

「そりゃそうだよ。三年だよ？　みんな変わるよ」

カイはゴロゴロと寝転んでいた身体（からだ）を起こし、キョウスケに優しいトーンで返す。

「でも、キョウちゃんは全く変わってないね」

「……それっていいことなの？」

その言葉が、少しだけ胸に刺さった。

キョウスケの問いに、カイは顎に手をやり、少し考えてから返事をする。

「う～ん、どうなんだろう？　キョウちゃん、今日俺に会った時に『みんな変わった』って言ったでしょ？　メジャーデビューもなくなって楽器も辞めたし……って。でもキョウちゃんは何も変わってないよ」

「……？」

カイが亡くなった後、音楽を辞めた。数年間を捧げてきた大切なものをやめたキョウスケは大きく変わったはずだ。しかし、カイは漫画雑誌を片手に補足するように語る。

「ほら、この雑誌だって一つ連載が終わったら、新しい連載が始まるだろ？　でも雑誌の名前は変わらない。雑誌自体が変わらずにあり続けるためには、中身を変えていかなくちゃいけないと思うんだ！　変わるっていうことと、辞めるってことは別なんじゃないかな。キョウちゃんは変わったんじゃなくて、辞めただけなんじゃないかなって」

カイの指摘はもっともで、キョウスケの心の柔らかいところに突き刺さる。

「カイだって、変わってないじゃん……」

カイは思わずといったように笑顔になる。

「俺は死んでるから！　もう変わらないよ」

「いや、そんな笑顔で言うことじゃないだろ」

キョウスケは、なんでも許してしまいたくなるカイの笑顔に弱い。ゲラゲラと笑うカイを前に、キョウスケもつられて笑った。

性格の違う二人が、この世とあの世の境界を越えて、この狭い部屋で学生の頃のように笑い合っている。

先に落ち着きを取り戻したカイが、嬉しそうにベッドから立ち上がり、キョウスケと向き合う。

「キョウちゃん。やっぱり俺たち、ライブしよう」

キョウスケは今日の様々な出来事を反芻する。

カイと再会することで、学生の時の気持ちを思い出すことができた。ずっと避けていたピアノとも向き合うことができた。

カイという存在は、昔からキョウスケにとって大きな原動力になっている。

「でも、ちゃんと弾けるかな……」

カイは電子ピアノの前に移動し、ニヤリとする。

「今のキョウちゃんは下手だから練習しなくちゃね」

キョウスケはムッとして言葉を返す。

「わかってるよ！」

「大丈夫！ すぐ前みたいに弾けるようになるって。キョウちゃん才能あるじゃん」

キョウスケをピアノの椅子に座らせ、笑顔で励ましてくれるカイ。

そっと鍵盤に指を置き、少しぎこちない指先で弾き始める。決して上手いとは言い難いが、優しく少し前向きな音が狭い部屋に響いた。

今から五年前。春が訪れ、その象徴である桜が散り終えた季節のことだった。

ベートーヴェンやバッハ、ショパンなど、偉人達の肖像画が壁に飾られている放課後の音楽室で、一台のグランドピアノに向かって流れるようなタッチで演奏をしている学生がいる。シャツは第一ボタンまでしっかりと留め、学校指定のネクタイを正しく着けた校則通りの身だしなみ。高校三年のキョウスケである。

その演奏は、学生の中ではかなりレベルの高いものとみて間違いないだろう。キョウスケの母はピアノの講師をしており、その影響で幼少期からピアノに触れて育ってきたのだ。

「……」

何も考えずに黙々と鍵盤をなぞるように演奏をしているキョウスケを、窓から差し込んだ夕陽が包み込む。まるで映画のワンシーンのような美しい光景だったが、その静謐な空間が、ガラガラ！　バン！　と荒々しく開かれた戸の音に突如として破られた。

「え？」

突然のことにキョウスケの思考は停止する。入り口に目をやると、そこには一人の学生がいた。エレキギターが入っているであろうソフトケースを背負い、髪は金色で前髪をピンで留め、ガムを嚙み、ネクタイの結び目は第二ボタンくらいまで下げ、腰パンをして上履きの踵の部分を踏んでいる学生。

（この人……どこを切り取っても校則違反をしている）

キョウスケは固まってしまった。今まで一度も関わったことのないタイプの人間が、ずんずんとこちらに近づいてくるのである。

そして――。

「あんた、ピアノ上手いね」

ニッと笑顔で話しかけてきた。キョウスケは彼の悪そうな身なりと柔らかい笑顔のギャップに驚きつつも、褒められたことを少し嬉しく思う。

まっていくのか、わからなかった。


「ど、どうも」

「あんた何年？」

「三年です。あなたは？」

「俺は一年！　この前入学したんだ」

「あっ、そうですか……」

二つ下の後輩になぜこんなに偉そうにされているのか、なぜ自分が敬語を使ってしまっているのか、わからなかった。

「うん！　あんた名前は？」

「あんたって！　僕、先輩ですよ！」

「確かにそうだわ！　俺は、天野カイ。あんたは？」

この全身校則違反男はギャハハと声を出して笑う。

キョウスケは少しイラッとした表情をした。

「あんたじゃなくて……。弦巻キョウスケ」

カイはずっとニコニコとした表情を崩さない。

「よろしくなっ、キョウスケ！」

「俺、先輩なんだけど……」

全く礼儀の欠片もない様子に、思わずキョウスケはつぶやいた。すると突然カイが悩ましい表情をして腕を組み、何やら熟考し始めるではないか。

やっと理解したか、と思う一方、突然のだんまりに少し不安も覚える。

「え？　どうしたの？」

「──キョウちゃんだ！」

「へ？」

まるで何かの大発見をしたような声と表情で、キョウスケに向かって告げる。

「キョウスケって呼ばれるのは嫌なんでしょ？　だからキョウちゃん！」

……不覚にもこの後輩を可愛いと思ってしまったキョウスケの口角が少し緩む。他人との関わりが希薄なキョウスケにとって、自分に懐いてくれる後輩というのは初めてだった。

「まあ、それでいいか……」

カイは目を輝かせてキョウスケの方へと一歩寄る。

「なあ！　俺とバンドやろう！」

急な提案に理解ができず、ただ目を丸くさせキョトンとしてしまう。

「……バンド？」

「うん！　さっき廊下を歩いてる時に綺麗なピアノの音が聴こえてきて、ビビッときちゃったんだよね！　俺ギターやってるからさぁ、自分の音とセッションするイメージしたらピッタリだなって！　キョウちゃんもそう思わない？」

グイグイと話を強引に進めてくるカイ。キョウスケにとっては人生で初めて会ったタイプの人間だ。

「そう思わない？　って、カイ君のギター聴いたことないし。ピアノだってクラシックしか弾いてこなかったから、急にバンドって言われても……」

カイはギャハハと大笑いする。

「確かにそうだ！　キョウちゃんは俺のギター聴いたことないもんね！　ツッコミ上手いね〜」

「いやいや、ツッコミではないだろ……」

キョウスケが二つ下の後輩でチャラそうなタイプの男に翻弄されているように見えるが、カイの明るさと遠慮のなさになぜか嫌悪感は生まれなかった。むしろ楽しいと思っていたのかもしれない。

「カイ君はバンドやってたの？」

「いや、やったことないよ」

「え？」

キョウスケはその言葉の意味が全く理解できなかった。話の流れからして、おかしい。そんなキョウスケの理解に苦しむ顔を見て、カイは声を張る。

「これから始めるのっ！　高校入ったらバンドやるって決めてたんだよ！　だから一緒にやろうっ！」

「決めてたって！　……だから俺はやったことないから無理だって！」

頑なに首を縦に振らないキョウスケを見て、カイはため息をつき口を尖らせる。絶対にこの後文句を言う、というのが手に取るようにわかる。

「無理とか決めつけるの良くないと思うよ。やってみなくちゃわからないし、大事なのはやりたいって思う気持ちじゃない？」

「いや、俺やりたいなんて言ってないよ」

今気づいたとばかりにハッとするカイ。この男は本当に色々な表情をする。見ていて面白かった。

「まあまあ、細かいこと考えずに一回俺のギター聴いてよ」

「まあ、それは聴いてみたいかも」

キョウスケも音楽は好きで、この男が奏でる音に興味はあった。

「オッケー、ちょっと待って！」

カイは意気揚々と背負っているギターケースを下ろし、ファスナーを引いて開ける。そうして姿を現したカイのエレキギターは、ネックやボディに年代を感じるダメージが見受けられるものの、綺麗に手入れがされていることもすぐにわかった。本当にギターが好き、というのが伝わってくるギターだ。高校生が扱うには渋く歴史を感じる、美しいギブソンのヴィンテージギター。

「このギター、なんかすごいね……」

初めて見るヴィンテージのギターに驚き、上手く言葉で表現ができなかった。カイはキョウスケの引いている表情を見て、声を出して笑う。

「ははは。何その表情？」

「いや、すごく高そうだなって……」

カイはニヤリとする。

「めっちゃ高いよ。まあ、親父(おやじ)からもらったから値段は知らないけどね！」

ニヤニヤとキョウスケをからかう表情を見せながら、カイはギターのストラップを首にかけた。

「ちょっとEの音出してよ」

キョウスケは言われるがまま、一音だけを鳴らす。

「サンキュー」

カイはギターのチューニングを始める。チューナーなどを使わずにキョウスケの出した一音を聴き、チューニングをするのだ。

カイがEと言ったのはピアノの「ミ」の音のことで、ギターの6弦の音と同じだ。慣れている人は一音聴いただけでチューニングができる。

「そのギターくれる父親ってすごいね。お父さんもギター好きなの？」

「好きっていうか、うちの親父ミュージシャンだから！　チューニングオッケー！」

情報量が多すぎる。カイにとって当たり前だと思って話していることは、普通の人にとってのイレギュラーで、キョウスケの脳内処理が全く追いつかなかった。

「お、おう」

「んじゃ、弾くよ！」

カイはギターのピックをつまみ、演奏を始めた。

チョーキングと言われる、弦を指板と平行に押し上げるように音程を変化させる奏法をしてみせる。

「うまっ」

カイをちらりと盗み見ると、ギターという楽器を心から愛しているんだという表情をしている。キョウスケはカイの技術はもちろん、熱さを感じる演奏に驚いた。

カイの音は止まることなく、カッティング奏法を交ぜつつジャカジャカとさらに激しさを増していく。額にはうっすらと汗をかき、音楽室の壁に貼られているクラシックの偉人達の肖像画に囲まれて演奏をしている姿は、違和感を超越した芸術だった。

思わず見惚れているキョウスケの顔を見て、カイはセッションを促してくる。

「キョウちゃん来いよ!」

――キョウスケは人と演奏をした経験がない。セッションなんて考えたこともなかった。ましてやグランドピアノとエレキギターだ。頭では理解不能だが、不思議とキョウスケの指は鍵盤に向かっていた。

目を閉じて耳を澄まし、カイの演奏しているキーとテンポを確認する。

キーはA♭、テンポはおおよそ125くらい。

カイに合わせて鍵盤を叩き始めるキョウスケ。その様子を見てニッと笑い、俺についてこいと言わんばかりにカイは曲のテンポを130、そして145と一気に速めていく。

必死にストロークをするカイ。今にも顎から落ちそうな、雫(しずく)になった汗が輝く。

急激に上がったテンポに対し、キョウスケが苦しそうにつぶやいた。

「テンポ上げすぎ」

その呟きにカイが右の口角を上げ反応する。

「まだまだいくぜ」

さらにテンポを上げていくカイ。キョウスケはそのスピードや勢いについていくことに快感を覚えた。自分のペースではなく、人と合わせ、共に作る音というキョウスケにとって初めての感覚。

「うん」

およそ180というテンポに上がった演奏は、普通の高校生とは思えない技術だった。幼少期からクラシックで育ったキョウスケと、ロックで育ったカイの異色のコラボレーションは、音楽室の窓ガラスを割る勢いで空間を振動させ続けた。

二人のセッションは、カイのピックを立てて弦を擦りつけるピックスクラッチという技術によるギュイーンという音で締められた。

「キョウちゃん！　最高だ！」

「俺も楽しかったよ」

汗をかき、息を切らした二人は、互いに目を合わせて微笑み合う。

今まで一人でしか弾いてこなかったキョウスケは、心から楽しいと感じていた。

そんなキョウスケに、カイは満面の笑みで近づいてくる。

「俺と組もう！」

拳を握りキョウスケの方に突き出してくるカイ。

「お、おう」

キョウスケは少し恥ずかしそうに拳を握り、カイのそれと合わせた。

——二つの才能が交わった瞬間だった。しかし、キョウスケには新たに一つの疑問が生まれる。

「バンドって言ってたじゃん？　他のメンバーは？」

目線を斜め上に移し悩み始めるカイ。

「う〜ん、まあ二人でもいいっしょ」

「良くない！　それじゃあバンドって言わないだろ」

段々とカイの形に囚われない自由な言動に慣れ始めてきたキョウスケだったが、ここはしっかり確認しないと、という気持ちで訂正する。

「あ……でも、このままでも良いかも……二人だったらデュオ？　って言うのかな？」

まさかの撤回にニッと笑うカイ。

「うん！　じゃあデュオ！　デュオで行こう！」

顔を見合わせ、笑い合う二人。

こうして、ひと組の音楽デュオが生まれた。

「ライブやるのは納得したんだけどさぁ……」

「うん」

「カイの存在って俺にしか見えないんだよね？」

キョウスケとカイが真剣な表情をして、テーブルを挟んで向かい合っている。

「う〜ん、多分。ユイには見えてなかったもんね……」

キョウスケは、うっすらと思っていたことを口にした。

「カイのことが見えないなら、それって、ただのソロライブじゃない？」

神妙な面持ちで返すカイ。

「言われてみればそうだ。大丈夫か？」

「大丈夫じゃないでしょ！　カイがライブしようって言ったんだよね？」

「うん」

二人はまるで学生時代に戻ったかのような空気感とテンポで会話を進めていく。

「やる気にはなったよ！　でも、蓋開けてみたら俺のソロライブってどういうこと？」

カイは真剣な表情でキョウスケに答える。

「キョウちゃん。俺はもう死んでるんだよ。キョウちゃんが一人だったとしても音楽をやってほしい。多分その為に、今こうしてキョウちゃんの前に現れたんだと思う」

カイの言葉を聞き、うつむくキョウスケ。そんなキョウスケの姿を見て、カイは穏やかに話を始める。

「事故に遭った日のこと、覚えてる？　メジャーデビューが決まってインディーズ最後のライブをしよう！　って二人でライブハウス借りてさぁ。結成した時から応援してくれたユイの為に――ユイだけの為に歌おうって決めたライブ……」

キョウスケが、今まで記憶の奥に封じてきたあの日の出来事。

カイにとっても同じはずなのに、言い澱むことなくスラスラと言葉にする。思わずキョウスケは話を遮ろうとした。

「その話はやめよ……」

でも、カイはキョウスケの言葉を無視して、ベッドの下の引き出しにあるかにたまのCDを取り出す。

「思い出を取っておいてくれているのは本当に嬉しい。だけど思い出がキョウちゃんを縛ってるなら、これはいらない物だよ」

カイはテーブルの上に置かれた、ラッピングがズタズタに傷ついた箱を手に取る。

「これは、俺たちからユイへの贈り物だろ？　事故のあの時、俺が持っていた……」

キョウスケは心を抉（えぐ）られたような表情をした。あの日の記憶がフラッシュバックしたのだ。

（それにもうユイは……）

カイは空気を読まずニッと笑う。

「よし！　中身は大丈夫そうだ。キョウちゃん。俺たち、あの日のライブをしよう！ユイの為に演奏して歌って、最後にこれ渡そう」

傷だらけの、ユイへの贈り物をそっとキョウスケに手渡す。

しかし、キョウスケはうつむいたまま顔を上げることなく小さな声で告げた。

「ユイはもう大丈夫だよ……」

「え？」

キョウスケはゆっくりと話し出す。

「ユイは俺と違って、前を向いて進んでる。こんな状態の俺にも、前に進むべきだって言ってくるし……。ユイはもう、カイのことを受け入れてるんだよ。だから、わざわざ過去を掘り返して、ユイの為にライブをする必要なんてない！」

キョウスケの脳裏には、リンリンでの会話が蘇っていた。

（もう前を向いている人に対して、何かをする必要なんてないじゃないか……）

しかし、その言葉を聞いたカイは相変わらず明るく返す。

「俺のことを完全に受け入れたって？　それはユイが言っていたの？」

「いや、直接は言ってないけど……」

「じゃあユイに直接聞いてみよう！　わからないもんね！」

そう言うや否や、カイはテーブルの上に置いてあるキョウスケのスマホに手を伸ばし、何やら操作しようとする。キョウスケは慌てて身を乗り出してスマホを取り返そうとしたが、カイがするりと手を避けてしまった。

「やめろよ！」

「だって直接聞いてないんでしょ？　キョウちゃんがそう思っているだけで本当は違

うかもしれないよ。キョウちゃん昔から、多分こうだ、きっとこう思ってるって想像だけで納得するじゃん？　人の気持ちを決めつけたらダメだよ！」

「――だって、そうだろ」

想像から大きく外れることなんてない。だったら自分の心を守るためにも、そういうものだと決めたほうが、傷つかなくて済む。そんなキョウスケの気持ちを読んだのか、カイはため息をつきながら続ける。

「キョウちゃんはユイから逃げてる。俺は逃がさないよ」

「逃げてるわけじゃないよ」

カイはしてやったり、といった様子でニッと笑った。

「だよね！　じゃあ電話しよう！」

スマホの画面に触れようとするカイの手を慌ててつかむ。

「逃げてないけど今じゃない！」

必死なキョウスケの表情を見て面白くなったカイは、悪戯な笑みを浮かべてキョウスケにスマホを差し出し、

「はい」

安堵の表情に変わったキョウスケが受け取ろうとしたその時。

キョウスケからスマホをもう一度取り上げ、カイはユイに電話をかけた。

「うっそ〜ん」

爽やかなイントロの疾走感のあるギターの音が、部屋を満たしていた。キョウスケとカイが学生時代に初めて作った曲。

「懐かしいなぁ」

自室のベッドの上、パジャマ姿でゴロゴロしながらスマホをいじっていたユイは、ふとテレビ台に目を向けた。そこには、キョウスケとカイとユイの三人で撮った写真が飾られている。

「今日で丸三年、か……」

カイの命日に、キョウスケは決まってリンリンにやってくる。今日もそうだった。

「——なんであんなことを言っちゃったんだろ」

ユイだって、カイのことを完全に乗り越えたわけじゃない。今でも過去に囚われて、息ができなくなる瞬間が不意にやってきたりする。でも、同じように前に進めていないキョウスケの姿を目の当たりにして、嘘をついてでも背中を押してあげたかったのだ。席を立つキョウスケの暗い表情が、頭から離れない。

「はぁ……」

スマホから流れ続ける爽やかで軽快な音楽とは反対に、目を潤ませる。思い出に溺れてしまいそうで、次第に涙が流れるのをこらえられず、枕に顔を埋めてしまった。

どれほどそうしていただろうか。ふ、とスマホの音楽が一瞬止まり、デフォルトの着信音に切り替わる。

「ん……」

ユイがスマホの画面を確認すると、そこには「キョウちゃん」と表示されていた。

慌ててベッドから起き上がり、急いで洟をかむ。今泣いていたことは悟られたくなかった。

キョウスケのことを考えていたら、本人から電話がかかってくるなんて。ユイは緊張しながら電話に出る。

「もしもし」

キョウスケの声が聞こえる。お昼にリンリンで会った時とも、夕方にたまたま会った時とも違う、少し明るいけれど緊張した声。

「ユイ？　夜遅くにごめんね」

「大丈夫だけど……。なんかあった？」

今日は久しぶりにも拘らず二回も会っている。そしてこの電話。明らかにおかしい。

「え？　あ、え〜と……いや、その……」

要領を得ないキョウスケ。思い返せば二回目に会った時もこんな感じだった。

「キョウちゃん？」

対面とは違い、電話だと表情が見えないので相手の意図を読み取りにくい。ひょっとして食事の際の発言について、何か言いたいことがあるのではないだろうか。ユイに緊張が走る。

「あー、えっと……。急でごめん。三年前のライブのことなんだけど……」

予想外の発言に、ユイは驚いた。まさかキョウスケの口からあの事故の日の話題が出るとは思っていなかったのだ。

「え……、うん……」

二人の会話に、微妙な間が生まれる。そしてところどころ、会話の隙間に小声で誰かと話しているような音も聞こえた。

（ひょっとして、私のこと揶揄っているの？）

「キョウちゃん、誰かといる？」

「え？　いや、一人だよ」

キョウスケは慌てたような様子で返事をしてくる。怪しさはあるが、ユイは会話を続けた。

「それで……どうしたの？」

キョウスケは覚悟を決めたのか、落ち着いたトーンで話し出した。

「三年前のライブのことなんだけど」

ユイも違和感はとりあえずおいておき、心を落ち着かせてキョウスケに向き合う。

「うん」

「もしも、あの時に俺たちがやろうとしたライブをもう一度やりたい、って言ったら——」

「……」

「来てくれますか？」

キョウスケの真剣な声。ユイは、すぐに返事ができなかった。カイの死から三年。一歩も前に進めていないキョウスケの姿を見てきたユイにとって、今聞いた言葉を理解するのに時間が必要だった。ましてや今日のあの様子だ。この短時間で、いったい何があったのだろう。

キョウスケも思わぬことを言ってしまった、という様子で、ユイの返事を待たずに言葉を続ける。

「あっ、いや。例えばの話だから！　ほら、ユイはちゃんと前を向いて生きているだろ？　なんか俺の問題に付き合わせちゃうみたいになるのも嫌だろうし。ごめん」

自己完結でこのままキョウスケが電話を切ってしまう空気を察知したユイは、頭の中がまとまっていないながらも返事をする。

「待って！」

「……？」

「キョウちゃん？　もしそれが本当なら、私は行きたいよ」

「……」

「私ね、本当は前に進めてなんていないんだ。だから……毎年店を言い訳にして法要にも行かなかった。ううん、行けなかったの。キョウちゃんに会う度に何度も前に進むように言っていたのは、自分自身にも言い聞かせてたんだ。キョウちゃんの気持ちもわかっていたはずなのに……。ひどいこと言ってたよね？　本当に、ごめんなさい」

ユイは、涙が零れそうになるのをグッとこらえ、下唇を噛む。

「ユイは強いよ。教えてくれてありがとう。また連絡する。夜遅くにごめんね」

キョウスケは多くを語らず、感謝の言葉をユイにかける。

「うん……。楽しみにしてるね」

キョウスケとの通話が切れ、部屋は静寂に包まれた。沈黙したスマホの待ち受け画面には、三年前から変わっていない、笑顔の三人の時間が切り取られている。

「あの日できなかったライブ……」

ユイはスマホをベッドに置くと、テレビの横の引き出しから封がされた手紙をそっと取り出した。

◇

「…………」

ユイとの通話を終えたキョウスケは、呆然としていた。まさかユイも自分と同じように過去に囚われているとは思わなかったのだ。

通話の内容をすべて聞いていたカイは、ソファで胡坐をかきながら声をかける。

「ユイの本当の気持ち聞けてよかったじゃん」

ふと我に返ったキョウスケは、グラスに入った水を一気に飲み干した。

「うん……っていうか、電話してる時くらい大人しくしてろよ！　一回危なかったぞ⁉」

ユイに「誰かといる？」と訊かれた時のことをキョウスケは根に持ったようだ。

「あはは、あれは危なかったね」

「笑い事じゃないから！」

「まあまあ、バレなかったし良いじゃん……」

キョウスケはカイの能天気加減にため息をつく。しかし、カイの表情は何やら真剣だった。

「なあ、キョウちゃん……」

「なに？」

カイはキョウスケの目をまっすぐ見て、話を続ける。

「俺、生きていても、何もやらずに止まったままだったら、死んでるのと一緒なんだと思う」

「……」

キョウスケは、何も言葉が出なかった。

「キョウちゃんは俺と違って生きてるんだから、しっかり生きろよ」

「……」

そうしてカイは吹っ切れたようにいつもの笑顔に戻ると、

「よしっ、キョウちゃんを生き返らせるぞ～」

と、高らかに宣言をした。

死んだ人間が生きている人間に対して〝生き返らせる〟という、皮肉にもとれる言葉のはずが、カイの表情は希望に満ちている。キョウスケはどんな気持ちでそれを受け止めればいいのか、わからなかった。

「……」

キョウスケの困惑を面白がるように、笑顔のカイが近づいてくる。

「キョウちゃん？　顔死んでるよ……って、俺は顔だけじゃなく全部死んでるけどね！」

思わず吹き出すキョウスケ。

「その幽霊ギャグみたいなのやめろよ！」

「ははは！　キョウちゃん、やっと本気で笑ったね」

確かに、キョウスケはカイが現れてからというもの、驚きや動揺であまり笑っていなかった。カイはそんなキョウスケを心配していたのだろう。ようやく見せた本当の笑顔を見て、さらに喜んだ。

「そうだったかも……」

「また暗い顔したら幽霊ギャグ言ってあげるね」

「それ反応に困るからやめろよ」

あきれたような表情を見せるキョウスケだが、その顔はどこか嬉しそうだった。

「困らせてるんだよっ」

「ったく。そろそろ風呂入ろうかな。カイ先に入るか？」

「う〜ん、キョウちゃん先に入りなよ。俺は多分、風呂入らなくても大丈夫だと思う」

「まあ、入りたくなったら入れよ。じゃあ入ってくるわ」

そう言って風呂場に向かうキョウスケ。カイはキョウスケを見送った。

そして、風呂場からシャワーの音がすることを確認したカイは、ベッドの下の引き出しをゆっくりと開ける。

「……」

キョウスケが近くにいる時には気を遣ってしまい、ちゃんと見ることができなかったのだ。

思い出の譜面。初めて二人で作った自作のCD。いつか武道館でのワンマンライブが決まった時の為に作っておいた手書きのセットリスト。

「――こんな物まで取っておいてるのかよ」

カイは思わず懐かしさと恥ずかしさで笑ってしまう。そして、さらに何かを探すように引き出しの中を物色する。

「あった！」

カイが手にしたのは一枚の譜面だった。曲の題名には『dear（仮）』と書かれている。

「懐かしいなぁ」

つぶやきながら譜面に目を通す。これは二人がユイの為に作った楽曲で、あの日のライブで演奏しようとしていたものだった。カイは譜面を片手にキョウスケのピアノで音程のキーの確認をし、キョウスケのいる風呂場には聞こえない程度の声量で「ラララ」だけで歌い始める。

鼻にかかっているが少しハスキーで甘さと強さが混ざったような歌声。

「我ながら名曲だな」

鼻歌を終えた後、しばらく譜面を眺めていると、ある疑問が生じた。そうしてキョウスケの入っている風呂場に向かい、勢いよく扉を開け放つ。

「ひゃ――――！」

キョウスケは闖入者に驚いて変な声を出すが、そんなの関係ない。

「キョウちゃん！　俺のギターどこ⁉」

狭い風呂場で尻餅をついているキョウスケだったが、すぐさま桶で股間を隠した。

「びっくりした！　いきなり開けるなよ！」

シャワーの湯気が風呂場の外に流れていく。しかし、そんな姿に目もくれず、カイはやけに慌てている。

「ねぇ！　俺のギターは⁉」

キョウスケは風呂場の扉を閉め、扉越しに返事をする。体温がすっかり下がってしまった。

「……カイの親父さんが、引き取ったよ……」

血に濡れ、事故の衝撃を物語る姿になっていたギターケースの様子を脳裏に浮かべながら、キョウスケは言葉を濁してしまう。

「良かった〜。じゃあ明日ギター取りにいこうぜ！」

「……」

カイは、そんなことなんて1ミリも考えていないのだろう。ギターがまだある、という情報で安心し、冷静さを取り戻したようだ。

はたしてギターは今どのような状態にあるのか。そして、そんなギターのことをカイの父親であるジンにどうやって訊いたらいいのか――。キョウスケは、より深く辛い過去と向き合わなくてはならないことを感じながら、熱いシャワーを浴び直す。

「ギターは俺の命の次に大事だからなっ！　あっ、俺の命もうねえや！」

カイの嬉しそうな声が、水音の合間に漏れ聞こえた。

第二章　ユイ

翌朝。キョウスケは洗面所で顔を洗っていた。眼前には青と緑のラインが入った歯ブラシが二本、コップに入った状態で置かれている。

今日もカイがいる。

一夜明けても、カイが消えなかったことに嬉しさを覚えながら、キョウスケは外出の準備を進める。今日はカイの実家にギターを取りにいく予定だ。

「キョウちゃん、早くしてよ〜」

部屋からカイの声がする。

「ちょっと待って、もうちょい」

タオルで顔の水滴をふき取り、キョウスケは流れるようにヘアワックスの蓋を開けた。あとは髪のセットで終わりだ。

「ギター取りにいくだけなんだから、そんなセット必要ないだろ」

「ジンさんに会うんだから、身だしなみを整えるのが普通だろ」

「早く〜」

パジャマ姿でソファに座り、退屈そうにしているカイ。早くギターに触れたいのか、左手は指遊びをしながらテレビを見ている。

「よし、これでいいな」

綺麗に髪を整えたキョウスケは洗面所を後にし、近くにあった薄手の黒いジャケットに袖を通しながら、カイに近づいていく。黒い細めのデニムに、インナーは白のTシャツ。カジュアルフォーマルといったファッションだ。

「お待たせ」

カイは見慣れないキョウスケのファッションに笑いをこらえた表情になる。

「ん？　どうした？」

カイはついに吹き出して大声で叫ぶ。

「喪服かっ！」

キョウスケもつられて笑う。

「だから幽霊ギャグやめろって」

「ごめんごめん。じゃあ行こ！」

ソファから勢いよく立ち上がったカイに対し、キョウスケは少し重い表情を見せた。

「……その前に一つ、いい？」

カイは頭の上に「?」マークを浮かべる。

「カイのギターなんだけど……事故に遭った時の衝撃がすごくて、もしかしたら演奏できる状態じゃないかもしれないんだ」

キョウスケは少しうつむく。カイは自分のギターをかなり大事にしていた。傷つかないだろうか、と心配に思っていたのだが。

「大丈夫でしょ！　ダメになってたら新しいギター買ってよ！　ギブソンのレスポール！」

カイはそんなふうに明るく返した。アメリカのギターメーカー、ギブソン社が出した歴史の長いギターは、詳しくなくても超高額だろうと予想がつく。

「バカ。いくらするんだよ」

「300万くらいで買えるっしょ、知らんけど」

「そんな金ないよ！」

「冗談だって。さっさと行こうぜ！」

カイはそう言って足早に部屋を出ていく。キョウスケはあきれたように息を吐いてあとを追うしかなかった。

◇

閑静な住宅街に、打ちっ放しのコンクリートで覆われた大きな家がある。

中の様子は全くうかがえず、確認できるのは門扉と車庫の入り口であるシャッター部のみ。真夏に見るこの要塞のような建物は、日光を反射してある種の凶々(まがまが)しさを放っている。

この要塞こそ、カイが生まれ育った実家だった。

「うおー！　懐かしいな～。親父、元気かなぁ？」

カイが生きていた時は、キョウスケもこの豪邸で楽器の練習をしていた。

地下は世界的ロックスターでもあるカイの父親「天野ジン」が手がけたこだわりのスタジオになっていて、最高級の機材が揃(そろ)っている。

デビューもしていないかにたまには、贅沢(ぜいたく)すぎるくらいの環境だった。

「久しぶりにきたけど、相変わらずすごいね」

「そう？　早くギター手に入れて、キョウちゃんの家戻ろうよ」

キョウスケは少し懐かしそうにつぶやいたが、カイにとってはただの見慣れた家であり、あまり共感は得られない。

二人は門の前まで歩を進めた。昨日の法要で会ったカイの父親、ジンの寂しそうな表情を思い出し、キョウスケは苦い声色で告げる。

「カイの父さん、お前が知ってる姿と少し違うかもしれないけど……」

「大丈夫だから、早く〜」

急かされたキョウスケはインターホンの呼び出しボタンに指を置く。緊張で少し震えていたが、覚悟を決めてボタンを押した。

数秒の沈黙が生まれ、インターホンから声がする。

「はい」

渋く低音で響く声。ジンのものだ。

キョウスケの緊張感が高まる。

「あ、あの！　弦巻です」

「キョウスケ君か！　どうしたんだい？」

ジンの声のトーンが少し上がった。

「えっと、久しぶりにカイのギターを見たくなって」

「すぐ行くから少し待ってくれ」

インターホンが切れる。キョウスケはひとまず安堵して、ポケットからハンカチを取り出し、額の汗を拭いた。

この真夏日の焼けるような日差し、また緊張感のあるジンとの会話によって、シャツは背中までびっしょりと濡れていた。

少ししてから門扉が開く。

「いらっしゃい」

ジンはスエットパンツに、白のVネックのTシャツ姿で出迎えた。髪はボサボサで白髪交じりの髭(ひげ)は伸びかけ、笑顔は痩せこけていて、健康的とは言えない。

「親父！　俺だよ！」

カイはおどけた様子でジンの前に立つ。

「キョウスケ君、暑いだろ？　中へどうぞ」

しかし、ジンにもカイは見えないようだった。予想はできていたことだ。

カイはその事実に傷ついたように黙ってうつむく。キョウスケは心配してカイの背中を見つめた。

「キョウスケ君？」

キョウスケは視線をジンに戻して取り繕う。

「あ、すみません。失礼します」

カイの様子を気にしながらも、立ち止まっているわけにはいかないため、キョウスケは歩みを進め玄関に足を踏み入れた。

まるでミュージックビデオのセットに入り込んだかのような、非日常的な廊下が奥に向かって延びている。壁にはジンが過去にリリースしたレコードから、数年前に出したCDまでが絵画のように飾られていた。

床は大理石になっていて、靴を脱いで上がった瞬間にひんやりとする感覚が気持ち良い。

「これを履いてね」

ジンが綺麗なレザーのスリッパを差し出す。

「ありがとうございます」

玄関を入ってすぐの位置にある地下への階段を、ジンはゆっくりと降りていった。キョウスケもその後に続き、カイは黙ったまま遅れてついていく。

防音対策で作られた、地下の重い扉にジンが手をかける。キョウスケは懐かしさを感じ、ジンに話しかける。

「学生の頃はよく使わせて頂いて、本当にありがとうございました」

「いや。たくさん演奏してあげた方がスタジオも喜ぶから、ありがたかったよ」

　そう言ってジンは重い扉を開く。

　すると、昔と全く変わらないバンド練習ができるスタジオが現れた。三十畳はあるのでは、と思うほどの広い空間。

　そこに真っ白なドラムセット、電子ピアノ、50型のテレビくらいの大きさのアンプが四台と、グランドピアノが置かれている。

　そしてバンドマンの憧れのようなスタジオのど真ん中に、一本のまるで新品のようなギターが立てられていた。

　紛れもなくカイの使っていたエレキギターだ。

「カイのギター……」

　そうつぶやくと、ジンはゆっくりと語り出す。

「事故に遭った時はネックが折れて、全く弾ける状態じゃなかったんだよ。そのままにしておくべきか、それとも修理するべきか悩んだんだが、カイが生きていたら、壊れたままなんて可哀想だ！　ギターは弾いてあげなくちゃダメだ！　直してくれ！と言うんじゃないかと思ってね。結局、直すことにしたんだ」

　ジンは寂しげに笑う。

「でも、やはり私がこのギターを弾くのは辛くてね。カイとコイツが一緒に過ごした、このスタジオに置いたままになっている」

カイはスタジオの隅に立って、うつむいている。そんなカイに目をやってからキョウスケは切り出した。

「ジンさん。少しの間、このギター貸してくれませんか？」

ジンはキョウスケをまっすぐ見て問いかける。

「キョウスケ君はもう音楽を辞めたと言っていなかったっけ？」

「はい、辞めたつもりでいました。三年間、鍵盤にも触れていなかったんですが——カイがもう一度ライブをしたいというので、ギターをお借りできないかなと」

ジンは瞬時に反応する。

「カイが？　もう一度？」

「あ、いえ……」

ジンは考え込むように沈黙した。キョウスケもなんと伝えるべきか、必死に思考を巡らせるが一向に言葉が出ない。そんな間を先に破ったのはジンだった。

「わかった。キミにギターを預けよう。……キョウスケ君は私とは違うんだな」

キョウスケは不思議そうな表情を見せた。

「ジンさんと違うって、当たり前じゃないですか！　ジンさんは誰もが憧れるロックスターですよ。僕はデビューにも至らなかったわけですから」

「そういうことじゃないんだけどな。返すのはいつでもいいから、大切にしてやってくれ」

ジンはふっと笑った。その笑顔にはひどく切ない気持ちがにじんでいることを、キョウスケは強く感じ取る。ジンも複雑なのだろう。

「ありがとうございます」

キョウスケはギターを受け取り、少し雑談をしてからカイの家をあとにした。その間、落ち込んだ様子のカイが口を開くことは一度もなかった。

キョウスケの部屋のソファに胡坐をかいたカイは、ハードケースから出したギターをジッと見つめていた。

窓から射し込んだ夕陽がカイを照らしている。

「ギター、綺麗になっててよかったな」

キョウスケはわざといつもと変わらないトーンで話しかけた。カイはギターから視線を外さずに返事をする。

「うん。……ねえ、キョウちゃん。親父、俺のこと見えてなかったね」

「……仕方ないよ」

「それにあんなに小さかったっけ？」

「少し痩せたかも。ジンさんもカイが亡くなった後、かなり落ち込んでたから」

父親が自分の死によって落ち込んだ姿を見るというのは、精神的に辛いものがあるだろう。カイは悲しそうな表情でぼうっとしたままだ。ギターを弾く素振りもない。

このままではまずい、と思ったキョウスケはギターを手に取ると、カイの代わりにチューニングを合わせていく。

「ほら、チューニングするから弾いてよ！」

「お、おう」

チューニングし終わったギターを押しつける。カイはまだ暗い表情だったが、キョウスケの圧に負け、胡坐をかいたまま、ゆっくりと演奏を始めた。

三年前に弾いていた頃と変わらない濁りのない綺麗な音が響く。その音からはカイの悲しみが溢れるように伝わってくる。

キョウスケは部屋の電子ピアノに向かい、鍵盤を鳴らした。

音と音の対話が始まる。

キョウスケは一音一音を大切にし、カイは心地よいリズムでジャカジャカと音を奏でていく。

セッションの中でカイのリズムが少しだけ遅れるタイミングがあった。そういった時、カイは決まって弦を激しく叩く。自らの無力さに怒っているかのように。

いつも明るく振る舞っているカイだが、本当は強い不安や寂しさがあるのだろう。

カイは音楽に嘘をつかない。

キョウスケはその全てを受け止めるために鍵盤を叩いていく。キョウスケもまた音楽に嘘はつかない。

二人は出会った頃から、こうやって演奏でお互いの想(おも)いを伝え合っていた。

激しさと優しさが交わる不思議なセッションが終盤へと近づいていく。

キョウスケのピアノの音は昨日、久しぶりに演奏した時とは全くの別物になっていた。カイと演奏することで昔の感覚を取り戻していったのだろう。

滑らかで優しいセッションの音色に、お互いが顔を見合わせて微笑む。

そして、最後の一音が鳴る。

カイはスッキリしたように笑顔を見せた。

「キョウちゃん！　めっちゃ良いじゃん！」

その言葉が嬉しく、キョウスケもニッと笑った。

「カイのおかげかな！　一人で弾いた時と感覚が違ったっていうか……カイと合わせたら不思議と、昔と同じ指の動きができたんだよなぁ」

約三年ぶりのかにたまのセッション。

この演奏が誰かに届いていたならば、きっとたくさんの拍手をもらえたことだろう。

しかし、おそらくキョウスケ以外の人間にはソロのピアノ演奏にしか聴こえない。

それでも、二人は楽しく少し先の未来の話を進める。

「このクオリティなら、ユイの為のライブ、しっかりできそうじゃない？　昨日はあんなにヘタクソだったのに！　何があったの？」

「自分でもわからないんだけど、気持ちなのかなぁ……」

精神状態や疲労などで音色が変わることはよくあることだ。

「じゃあその気持ちをキープしておけよ！」

カイは嬉しそうに返す。キョウスケは言葉を選ぶように、慎重にぽつりと言う。

「今回のライブってユイの為だけのもの、なのかなぁ」

　ギターをソファに置いて、カイはキョウスケの方に向き直る。

「どういうこと？」

「本当にユイの為だけにやるのかな？　ユイの為っていうのは表向きの理由であって、本当は自分の為のライブがしたいんじゃないかなって思ったんだ。俺はもう一度、カイと音楽をやりたい。だからユイの為とか言って、実は自分の欲求を満たそうとしているだけなんじゃないかって」

　キョウスケの申し訳なさそうな言葉を聞いて、カイはギャハハと声を出すほど大きく笑った。

「何がおかしいんだよ」

「キョウちゃん、真面目すぎて笑える！　きっかけはなんだっていいんじゃない？ユイの為にでも、キョウちゃん自身の為にでも！　みんなそんなもんでしょ。誰かの為に何かをしたら、自分もいい経験ができる！　シンプルにお互い得しちゃう！　最高じゃん！」

「カイのくせにいいこと言ってる……」

　キョウスケは少しムッとした表情を見せた。

「くせに？　そう言うなら俺だって言うよ。キョウちゃんのくせに悩むな！」

「悩むよ！　お前が悩ますことが98％だけどな！」

二人がそうやって笑いながら言い合いを続けていると、突然着信音が響いた。

「ん？」

と声を合わせ、二人でスマホの画面を覗き込む。

そこには「ユイ」と表示されていた。

「もしもし」

キョウスケが電話に出ると、いつもの明るい声ではなく、少し真面目なトーンのユイの声が聞こえる。

「あっ、キョウちゃん？」

「どうしたの？」

「少し会って話せないかなぁ？　場所はどこでも大丈夫なんだけど……公園とかでも、キョウちゃんの家でも」

キョウスケは突然の申し出に驚く。その隣でカイはニヤッとして、小声で話しかける。

「これは……告白？」

「バカ！」

電話越しにユイの不安そうな声がする。

「キョウちゃん？　バカって？」

「あー、なんでもない！　これから？」

キョウスケは強引に話を逸らす。

「うん。忙しかった？」

「いや、大丈夫だよ。俺も場所はどこでもいいけど」

「じゃあ、うちのお店もう閉めたから、店のフロアでも良い？」

スマホを耳から離して時間を確認すると、二十二時を回っていた。予想以上にカイとのセッションに没頭していたようだ。

「わかった。これから向かうよ」

「うん。待ってます！」

通話を切る時のユイの声色は、最初より少しだけ明るくなっているように感じられた。カイは依然としてニヤニヤしたままだ。

「こんな時間から、若い男女が閉店後の中華料理店で……」

「やめろよ！　そんなんじゃないだろ！」

「でもわかんないだろ〜」

「いや、ユイは……」

キョウスケは言いかけた言葉を呑み込んで、話を切り替える。

「まあ、とにかく行ってくるよ」

そう言って立ち上がるキョウスケに続く形で、なぜかカイも立ち上がった。

「ん？　何してんの？」

「え？　ユイのところ、行くんだろ？」

「え？　ついてくるの？」

「ついていくよ」

キョウスケは頭を抱え、考え込む。おそらくユイはカイに関わる話をしようとしているのだと思う。カイが同席しても良いのか判断がつかない。

「もしかしたら、カイに聞かれたくないこともあるかもしれないし、待ってた方がいいんじゃないかな？」

しかし、カイは全く気にしない様子で返事をする。

「嫌だ！　かに玉食べるチャンスがあるかもしれないだろ」

「じゃあ……邪魔はすんなよ」

「はい！　二人の恋路は邪魔しません！」

「もう、なんでもいいよ」

頭を痛めるキョウスケと、ただただ楽しそうなカイ。

二人はユイの待つ中華料理店リンリンに向かった。

月明かりと街灯がリンリンの看板を照らしている。

店の引き戸からは格子状の明かりが漏れていた。すでにユイは店内で待っている様子だ。

「本当に告白じゃないの？」

「だから違うって。ユイとはたまにしか会わないし、会話もそんなにしないから。それに元々恋心なんてないよ」

「ふ〜ん」

カイは少し残念そうに唇を尖らせる。

店の軒先に置かれたパンダの置物は、月明かりに照らされて日中に見るよりもはるかに不気味だった。カイは店の引き戸に手をかけるキョウスケの手が、少し震えていることに気づいて声をかける。

「どうしたの？　早く入りなよ」

「わかってるよ。かしこまって話すとなると緊張しちゃって……」

「うぶだねー！」

カイはニヤニヤしながらキョウスケをからかう。

「うるさい！　行くよ！」

緊張していたせいか、必要以上に勢いよく引き戸を開けてしまう。

「わっ!?」

店の中からユイの驚いた声が聞こえた。キョウスケは申し訳なさそうに店に入っていく。

「……ごめん」

キョウスケの姿を確認したユイは安堵の表情を見せた。

「ビックリした〜。もう少しゆっくり開けてよね、強盗かと思ったよ」

閉店後の店内は客の賑（にぎ）やかな話し声や、調理の油の跳ねる音がせず、寂しさを感じさせる。カイは久しぶりに入ったリンリンの店内を興味深そうに歩き回っていた。懐かしさを感じているようだ。

「お客さんいないね」

「もうお店閉めてるからね」

「そうだった……で、どこに座ったら良いかな？」

ユイは手を口元に運び、クスッと笑う。

「どこって、いつも同じところにしか座らないじゃん」

「確かに……じゃあここ座らせてもらうね」

キョウスケは昨日来た時と同じ席に着く。ユイは少し遅れて向かいの席に座った。

「懐かしいなぁ。よくお店閉めた後に、カイと二人でご飯食べてたよね。その時はキョウちゃんの隣にカイが座ってさぁ。テーブル席なんだから向かい合って座ればいいのに、なぜか隣同士に座ってて面白かった」

「それについては、昔から何回も言っているだろ？　向かい合うのはライブに来てくれた客だけだー、かにたまは横並びなんだー、だから飯食う時もそうしようって。謎の理論だよね？　まあ、普通の人には理解できない発想がカイらしいけど」

「笑えるよね！　他にもさぁ、俺はmiyaviの生まれ変わりだ！　とか言ってたし」

「そうそう。miyaviさんってまだバリバリ現役なのにね」

昔のカイの話で盛り上がるキョウスケ達の横で、当の本人は赤面し、耳を塞いでいる。それもそうだ。本人からしたら黒歴史に近いものがある。そんなカイの様子を見てキョウスケは軽く吹き出す。

「ん？　どうしたの？」

ユイにはカイが見えていないので、キョウスケがいきなり吹き出したように見えたはずだ。

「いや、思い出し笑い」

「そっか。思い出したら笑えること、たくさんあるもんね」

「そうだなー」

こうして二人でカイの思い出話をするのは、カイが亡くなってから初めてだった。

「キョウちゃん。一杯飲む？」

ユイは席から立ち上がると、キョウスケの返事を待たず厨房へと向かっていく。

「まったく……」

彼女の後ろ姿を眺めつつ、キョウスケは少しだけ嬉しそうにつぶやいた。そんなキョウスケの横に、カイがスッと近づいてくる。

「おい、昔の話はやめろよ。当事者は聞いてられないぞ！」

キョウスケはユイにバレないよう小声で返す。

「大人しくしてろよ」

「はいはい。あー、かに玉食べたいな～」

カイは隣の席に座ると、昔を思い出すようにそう言った。キョウスケとしても、できるならカイにかに玉を食べさせてあげたい。

「……あとでユイにお願いしてみるか」

「お！　マジで？　お願いしてみてよ！　俺、ちゃんと大人しくしてるから！」

この素直さが大勢を惹きつけるカイの魅力なのかもしれない。

ユイが厨房から一本の瓶ビールと、二つの小さなグラスを持って戻ってきた。

「ごめんね、お待たせ」

「おう」

瓶ビールを持ったユイの姿に、時間の流れを感じた。ユイと酒を飲むのは初めてだ。

カイは十八歳で亡くなったので、三人で酒を飲む機会もなかった。

「キョウちゃん、ビールでいいかな？」

「うん」

「よかった！」

キョウスケの対面に座り直したユイは、慣れた手つきでグラスにビールを注いでいく。ビールと泡の比率は8対2。一番美味しく感じられるという黄金のバランスに見惚れた。

「注ぐの上手いね」

「飲食店の看板娘ですから。はい、乾杯」

ユイは得意げに微笑んで、グラスを掲げた。

キョウスケもグラスを右手に持ち、グラスとグラスを合わせる。ビールの泡が小さく揺れる程度の乾杯。

隣で見ているカイはなんてことのない表情をしているが、内心羨ましかったはずだ。

冷えたビールが二人の喉を潤す。

「こうやってお酒飲むのって初めてだね。私たちも大人になったんだね」

「そうだね。……それで、話って？」

キョウスケは、ユイが自分を呼び出した理由が気になって切り出す。

ユイはもう少し他愛のない会話をしたかったようで、少し不機嫌そうな表情を見せた。しかしすぐに切り替えて、キョウスケの目をしっかりと見ながら答える。

「昨日、電話で話したことなんだけどね。私もぜんぜん進めてないっていう……」

キョウスケはグラスを静かに置いて、真剣に話を聞く姿勢になる。

「うん」

「具体的にちゃんと話すね。カイが亡くなった日、私のためにライブをしようとしてくれてたでしょ？　私、無事にライブが終わったら、これをカイに渡そうと思ってたんだ」

ユイはポケットから一通の手紙を取り出す。まるで書いたばかりのように綺麗な手紙。封筒の真ん中には「カイへ」と書かれている。

「それは？」

少しだけ頰を赤らめるユイ。その反応から、どんな内容が書かれているかは想像がついた。

「内容は聞かないで。でも、もしもあの日のライブをしてくれるなら、この手紙を改めてカイに渡したいんだ。と言っても、直接渡すことはもうできないから……カイのお墓に供えるとかになると思うけど」

ユイがこんなにもカイのことを引きずっていたなんて、キョウスケは知りもしなかった。なんと声をかけたら良いのか見当もつかず、シュワシュワと炭酸が抜けていくビールの入ったグラスを見つめる。

隣に座っていたカイが突然立ち上がった。

がった時の椅子のズレる音も、足音もユイには届かない。

その姿をキョウスケは黙って横目で見送った。ユイはグラスを口元に持っていき、グイッと残りのビールを飲み干す。

「ねえ、私たちの出会い、覚えてる？」

五年前。

キョウスケとカイは、カイの実家の地下にあるスタジオにこもって曲作りをしていた。二人とも制服姿で、高級な機材類と学生服がミスマッチだ。

キョウスケは電子ピアノに向かい、鍵盤で自作のメロディを鳴らし、カイは大きなアンプの上に腰をかけて、エレキギターでキョウスケのメロディにコードをつけるという作業中だった。

「なんかコードが決まんないなぁ」

そうつぶやいたカイはスマホをいじる。

「もしかしたら、転調が多いからコードがまとまりづらいとか？　ちょっと減らしてみようか？」

キョウスケは自分のメロディが悪いのかと疑い、別のメロディラインを探し始めた。様々なパターンで調整をおこなっていく。キョウスケが奏でる音色はどれも品があった。カイが今までやってきた男臭いロックとは正反対で、お互いがいいかたちで共鳴している。

カイはスマホをポケットにしまって立ち上がる。

「キョウちゃんって、いくつからピアノやってるの？」

音楽室でピアノを弾いていたキョウスケに、突然カイが絡み、その場で結成することになったユニットだったため、二人はまだお互いをよく知らない状態だった。

キョウスケは演奏する手を止め、カイの方に向かって座り直す。

「よく考えれば、お互いのこと何も知らないよね」

「うん」

何から話せばいいか悩んだキョウスケは、ずっと気になっていたことを訊ねてみることにした。

「俺のことはいったん置いておいて……このスタジオは何⁉　入った時からずっと緊張してるんだけど！　ってか、家にきた時からずっとだけど、なんか要塞みたいな建物だよね！　本当に家なの⁉　正直に言うと、ぜんぜん集中できてないからね！　もしかして、命狙われてたりする……？」

ビクビクと怯えながら質問するキョウスケを見て、カイは腹を叩いて爆笑した。

「なんだよそれ！　命なんて狙われてねーよ。音楽室でも言ったじゃん。うちの親父、ミュージシャンなんだって」

キョウスケは興奮気味に立ち上がる。

「いやいや、普通のミュージシャンはこんなスタジオ持ってないでしょ！　このグランドピアノ、いくらするか知ってる？」

スタジオに置かれた、およそ１０００万円のスタインウェイのグランドピアノを指さす。

「あぁ、それ親父が酔っ払った時とかに弾いてるよ」

衝撃的なカイの一言に膝から崩れ落ち、キョウスケはか細い声でつぶやく。

「親父さん、何者なんだよ……」

カイはこれ以上からかったら、キョウスケが保たないと判断したのか、正直に答えた。

「天野ジンだよ。玄関のところにCDとか飾ってあったでしょ？　あれがうちの親父」

膝から崩れ落ちていたキョウスケは瞬時に立ち上がり、カイに近寄って声を張り上げる。

「はあああああ？　天野ジンってロック界の神様って言われてる、あの天野ジン⁉」

カイは照れたように笑う。

「だからそうだって。親父がバンドメンバーとか呼んで、ここでリハーサルするために作ったスタジオなんだけど、親父がいない時は俺が自由に使ってるの。だからこれからも、ここで練習しようぜ」

感情の揺れが激しく、キョウスケは疲れ果てて放心状態になる。

「はい。ありがとうございます」

カイの環境のすごさに怯（ひる）んでしまい、つい二つ下の後輩に対して敬語を使ってしまった。

「なんで敬語なんだよ！　敬語やめようよ、あんた先輩だろ～」

「はい～」

まるで先輩と後輩が入れ替わったような言葉のやり取り。

カイはひとしきり声を出して笑ってから、キョウスケに言う。

「で、キョウちゃんのこと教えて」

息を整えたキョウスケは電子ピアノの椅子に座りながら、目の前のすごい奴に何を話せばいいのか考える。そして自分が誇れることから話し出した。

「うちはピアノ教室をやってるんだ。母ちゃんが先生で、近所の子供たちにピアノ教えててさぁ。その影響で、俺も物心ついた頃からピアノを弾いてる。母ちゃんのレッスンで子供たちが少しずつ上手くなっていくのって感動するんだよ。だから俺は、俺の母ちゃんを尊敬してるんだ」

キョウスケが語った内容を聞いて、カイは優しく微笑む。

「だからキョウちゃんの音は優しいんだね。……なんかいいコード見つけられそうな気がする！　やっぱお互いを知るって大事だよな」

「そうかもな」

恥ずかしそうに下を向くキョウスケは、嬉しそうな表情を隠しきれていない。

カイは思い立ったように、ギターからシールドを外して片付け始めた。その行動に気づいたキョウスケは残念そうに聞く。

「あれ？　もう今日はおしまい？」

カイは片付けを進めながら返事をする。

「いや、ライブしたくなっちゃったから、行こうぜ！」

その言葉の意味が全く理解できない。

「ん？　ライブ？」

ニッと笑顔を見せるカイ。その表情は小学生の男の子のように無邪気だ。

「うん！　路上ライブ！　駅前でやってる人、たくさんいるじゃん。そこのキーボード持って行こう！」

スタジオの隅にはカバーがかけられた何かが置いてあった。中身は見えないが、おそらくキーボードだろう。

キョウスケはカイの無茶苦茶な提案に、恐怖すら感じた。

「無理無理！　路上ライブなんてやったことないから！」

しどろもどろになるキョウスケとは対照的に、カイはもうギターをケースにしまって準備万端だった。

「大丈夫！　駅前でやってる人たちより、俺たちの方がぜんぜん上手いって」

先を考えずに動ける行動力。そしてどこから来ているのかわからない自信。

自分とは真逆のカイの無鉄砲さに、キョウスケが惹かれていたのは間違いない。

「じゃあ、様子見だけ……」

キョウスケは使っていいと言われたキーボードを持ち上げる。

「様子見とか言いながら、やる気満々じゃん！」

少し意地悪な笑顔で、カイはそう言い放った。

「……うるさいなぁ」

図星だった。キョウスケは幼い頃からやりたいことがあっても、素直に言えずに生きてきた。でも、カイとの出会いでそんな自分が大きく変わっていく予感がしていた。

「ほら！　行こうぜ」

「うん。けど、なんの曲やるの？」

ハッとするカイ。

「確かになんにしよ？　なんかカッコいいやつで！」

スタジオの照明を消して、二人は初の路上ライブに制服姿で向かっていく。

カイはいつも行き当たりばったりだ。だけどどんな時でも明るく、自信がある。

その振る舞いは周囲の人を惹きつける。

◇

駅前に着くと、すでに何組かが路上で演奏していた。

街灯が照明のようになっていて、演奏者達は煌(きら)びやかに映る。

キーボード一つで弾き語りをしている女性や、アコースティックギターをジャカジャカと鳴らしながら歌っている二人組の男性。

その並びの中で、ひときわ客を集めているバンドがあった。

アコースティックギターでロックバンド並みの速いカッティングをするギタリストは赤髪で細身、緩めのカットソーを身に纏(まと)っている。

カホンを正確なリズムで叩く男は筋肉質で大柄、サングラスをかけ前髪を上げていた。

そしてハスキーかつ色気のある声で激しく歌うギターボーカルは、髪を立たせ、薄いブルーのレンズが入ったメガネをかけている。男らしい顔立ちだが横顔は美しい。

その三人の周りには仕事帰りのサラリーマン、コアなファンであろう女性、学生服を着た男女などが集まっていた。

キョウスケ達もそのバンドの音に惹かれ、プレイに魅せられ、ビジュアルに憧れを持つ。

彼らの楽曲は、洋楽テイストのサウンドで全てが英語詞だった。時折吹く春の風に乗った音が演奏に強弱を生み出す。路上ライブでの経験値の高さを感じさせる。

「レベル高い……」

キョウスケがそうつぶやくと、カイは我に返った様子で言う。

「バカ！　俺たちの方がぜんぜんレベル高いから！」

とことん負けず嫌いなカイに刺激され、キョウスケも自信を取り戻す。

「そうだな！　負けないように頑張ろう」

「俺たちが演奏始めたら、あの客は全員こっち来るから大丈夫だよ」

カイは周囲を見渡してスペースを探す。例のバンドの周囲にはわりと空間があった。他のアーティスト達はわざと避けているのかもしれない。

「キョウちゃん！　あそこにしよう！」

カイが指さしたのは、例のバンドから3メートルほど空けた隣だった。

「ちょっと、さすがに近すぎない？」

キョウスケの懸念を無視して、カイは指さしたスペースに走っていってしまった。

「あっ！　おい！」

キョウスケも走って追いかけるが、着く頃には、カイはギターケースを下ろし、もう準備を始めていた。

「本当にここでやるの？」

「当たり前だろ！　技術じゃ負けてる気しないもん！」

「曲はどうするの？　俺たち、オリジナル曲ないじゃん！」

すぐ隣から激しい演奏が聴こえてくるので、自然と二人の声は大きくなる。

「その場のセッションでいこうよ！」

カイの行き当たりばったりの発言に助けられたことは何度もあったが、今回ばかりは上手くいく気がしなかった。

しかしカイは考え直す気がないようで、キョウスケも渋々キーボードを出す。

「これどういう状況だよ……」

ボソボソと文句を言いつつも準備を進めていく。エレキギターを充電式の小型アンプに繋（つな）げ、カイはチューニングを始めた。キョウスケは電池式のキーボードをスタンドに置き、電源を入れる。

やる気に満ちたカイと不安げなキョウスケ。二人の気持ちには大きな落差があった。

「キョウちゃん、準備いい？」

カイにそう問われて、キョウスケは自分の指がかつてないほど震えていることに気づいた。

「待って、無理かも……」

その声に反応したカイが振り返る。キョウスケは背中を丸め、手をギュッと握り締めて震えていた。

「え？　顔色悪いけど大丈夫？」

キョウスケはブンブンと首を横に振り、大丈夫ではないことを伝える。しかし、カイは心配をするわけでもなく、ニッとした笑顔で目の前に立った。

「キョウちゃんはすげー上手いから、八割くらいでやれば大丈夫だよ」

その笑顔はとても輝いていて、どんな照明よりも明るく見えた。

少し呼吸が安定する。緊張で握り込んだ手もゆっくり開くことができた。

「……ありがとう、やってみる」

キョウスケはキーボードの上に両手を置いた。カイは微笑むだけで返事せずに前を向く。そしてギターの弦を激しく鳴らした。

二人の初めての路上ライブが始まった。

カイの音は練習よりも雑だった。Ｆコードを鳴らす時、１弦の音が綺麗に響いていない。カイらしくない演奏だ。

カイもまた初めての路上ライブに緊張しているのだろう。

今度はキョウスケがカイを落ち着かせるかのように、冷静な演奏でリードする。カイはキーボードの音を聴き、落ち着きを取り戻したようだった。

お互いがお互いを助け合って完成させる。

それが二人の演奏だ。

しばらくの間、お互いの音を感じ、心の底から演奏を楽しんでいると、制服を着たミディアムの髪の女子高生が立ち止まった。

二人は驚き、目を合わせて笑う。初めての客に気合いが入り、テンポを少し上げ、音のボリュームも上げていく。

その女子高生は足でリズムを取って、時折目をつむり、音を楽しんでいる。

歌も楽譜もない、二人の呼吸で生まれる音。それは二つの才能が作り出す、唯一無二の音楽だった。

キョウスケは初めてのお客の姿を目に焼きつけようと、少女をまじまじと見つめる。

その時にやっと、目の前の彼女が同じ高校かもしれないということに気づいて手が止まった。キーボードの音色が止まったことで、カイも演奏を停止する。

「キョウちゃん！　なんで止めるんだよ」

キョウスケはカイの目を見ながら答える。

「あの子、うちの学校の制服じゃない？」

キョウスケは女子高生に近づくと声をかけた。

「あの、聴いて頂いてありがとうございます。もしかして、森川高校の方ですか？」

普段のキョウスケだったら、初対面の相手にいきなり話しかけるなんてできない性格なのだが、人前で演奏することによって度胸がついたのかもしれない。

声をかけられた女子高生は動揺し、少し目線を落としながら答える。

「あ、はい……」

キョウスケは同じ高校の人に路上ライブを見られたことに羞恥心を覚え、さりげなく口元を手で隠して会話を続ける。

「あー、やっぱそうですよね。ちなみに学年は？」

同じ学年でないことを願う。駅前で路上ライブをしていたという噂（うわさ）が、同学年に一気に広まるのは避けたかった。

「えっと、私は二年です。あの……とても素敵なライブでした」

目の前の女子高生はまだ緊張しているようだったが、純粋な声色でそう感想を述べた。噂を広めるような子ではなさそうだ。

「あ、ありがとうございます」

「俺たち今日が路上デビューなんだぜ！」

ギターを抱えながら、カイが二人の会話に入ってくる。カイが加わると良くない展開になる、と瞬時に察知したキョウスケは、会話を早めに切り上げようとする。

「まだ始めたばかりなので、あんまり学校とかで、俺たちがライブやっていたって言わないでくれると嬉しいかもです」

「わかりました。では、私は失礼します」

少女はキョウスケの言葉に頷き、その場を去ろうとする。

しかし、カイがそんな彼女を強引に引き止めた。

「ちょいちょい！　ライブ聴いてくれてありがとう！　まあ、名前だけでも覚えていってくれよ」

ため息をつき、キョウスケは下を向いた。カイが止められないゾーンに入ったことを感じ、全てを諦める。

この男はしゃべり出すと止まらない。初対面の彼女も困ったような、怯えたような表情をしている。まるで説教をされているかのように見えた。

周りを一切気にしない男が嬉しそうに話し出す。

「俺はカイっていうんだ！　この前入学したばかりだから、今は一年！　で、コイツは三年のキョウスケ。俺たちバンドやってるんだ！　キミはなんて名前なの？」

彼女は年下のカイが、キョウスケをコイツと呼んだことに恐怖心を抱いたのか、丁寧に返答する。

「私はユイっていいます」

嬉しそうにニコニコとしながら、カイが話を続ける。

「ユイちゃんね、覚えたぜ！　ファン第一号だな！　俺たちこれからマジでビッグになるから、ファン第一号は自慢していいぜ！　あっ！　さっきのライブ、動画撮ったりしてた？　もし撮ってたら、SNSに上げて拡散しまくっちゃってほしいんだよね～。やっぱり今の時代は、ネットのバズり大事っしょ！」

質問しているのか、一人でしゃべっているだけなのかわからない状態で、カイはマシンガントークを行う。ユイは戸惑った様子でキョウスケに視線を向けるが、今のカイから上手く助け出すことはできない。

しかし、そんなカイの話を遮るかのように、落ち着きのある声が響いた。

「キミたち、何しているんだ?」

三人が振り返ると、そこには大柄の警察官が二人いた。

少し圧を感じさせる。何か悪いことをしてしまったのではないかと、キョウスケは脳内で考える。ユイもほぼ同じ反応だった。

そんな中、カイは違った。全く動じる様子はなく、明るく返事をする。

「お疲れ様です。僕ら、今日が初めてのライブだったんですけど、もう終わっちゃったところなんですよね〜。あ! もしアンコールして頂けたら、もう少しやりますけど!」

この瞬間、キョウスケとユイは絶句し、そしてカイのことを心から尊敬した。

勤務中の警察官が路上ライブでアンコールするなんて聞いたことがない。

カイという男には常識というものがないのだ。キョウスケが警察官の表情を見ると、心なしか笑いをこらえているようにも見えた。

「勢いがあっていいね〜。でも、路上ライブをするためには場所を使っていいですよ、という許可を取ってもらわなくちゃいけないんだよ。それは知っていたかな?」

カイは知らなかったのだろう。目が点になっていた。

キョウスケにもまたその知識がなく、警察官に謝罪する。

「すいません。許可がいるなんて知らなくて、勝手にやってしまいました。すぐに片付けますので」

「今後はちゃんと許可取ってからやってね。それと頑張って」

警察官はすぐに納得して、最後は微笑みながら去っていった。警察官に応援されるのはなぜか気合いが入る。

巻きこまれたユイは気の毒でしかなかった。キョウスケは謝罪のため、ユイに深々と頭を下げる。

「ごめんなさい！　僕らも知らなくて……」

真剣な様子で謝罪するキョウスケを見て、ユイは声を出して笑った。

「あはは、もうやめてくださいよ～。同じ学校の人が演奏してたから、何気なく見てたら声かけられて、その上お巡りさんに注意されて！　こんな経験したくてもなかなかできないですし、気にしないでください」

皮肉とも取れる内容を素直にまっすぐ伝えられ、キョウスケは苦笑いを見せる。

「またライブやる時教えるわ！　クラスは何組～？」

「三組です。次はちゃんと許可取ってから、ライブしてくださいね」

ユイはカイをからかうような表情で返す。

「うるせー。ちゃんとやるっつーの！　じゃあ気をつけて帰れよ」

ムッとして口を尖らすカイを見て、ユイは楽しそうだった。

「はい。それじゃ失礼します」

ユイは二人に軽く頭を下げてから立ち去った。手を振って彼女を見送ってから、キョウスケ達は撤収作業を開始する。

春の夜風が少し冷たい。他の演奏者達も徐々に撤収を始めている。祭りの後のような寂しさが駅前を包んでいた。

そんな寂しさに浸りながらも、隣でたくさんの客を集めていた三人組のバンドが撤収を終えたことに気づく。

街灯に照らされた三人からはスターの風格が出ていた。カイも彼らが持つ華を感じているようだった。

「あいつら、カッコ良かったよな……」

素直に人を褒められるのがカイのすごいところだ。

「本当だね……」

撤収を終えた三人組が、自分達のもとに歩いてきていることに、キョウスケは気がついた。その姿は花道を歩くスターのようだ。

「こっちに向かってきてない？」

スターのオーラを感じ、ジワリと背中に汗をかく。キョウスケとカイの間に緊張が走った。そして。

「お疲れさんっ」

大勢のファンの中心で、薄いブルーのレンズが入ったメガネをかけて歌っていたギターボーカルが、二人に話しかけてきた。

歌っている様子と外見から少し怖そうな印象があったが、笑顔が意外にも可愛く愛嬌（あいきょう）がある。キョウスケは緊張しつつも、なんとか返事をした。

「お疲れ様です」

「あんたたち、マジでカッコ良かったけど、俺ら負けてねーから」

突然、熱くなったカイが決意したように大声で宣言する。

「やめろって！　すいません。僕らに何か？」

キョウスケはカイを制して、必死に穏やかな空気にしようと努める。

「いや、俺らも負けねーし。俺はタケシって言うんだ。この三人でサムライアーってバンドをやってる。よろしくな」

タケシはカイの攻撃的な態度を受け流し、笑いながら明るい口調で話す。彼は少しだけ真剣な表情になって本題を切り出した。

「さっき警察に注意されてなかった？　俺たち、ここでライブするの好きだから、問題が起きてこの場所でできなくなったら嫌だなと思って」

タケシの熱さがビリビリと伝わってくる。キョウスケは正直に事情を打ち明けた。

「すいません。実は場所を借りる申請とかよくわからないまま、勢いだけでライブをやってしまって……」

すると、一冊の手作りのマニュアル本がすっと差し出される。差し出したのは、先ほどライブでカホンを叩いていた筋肉質の男だ。

「え？　これは？」

「これ……読めばわかるから」

マニュアル本の表紙には手書きで「路上ライブを楽しむために」とある。字は丸字で、サムライアーのメンバーをデフォルメした似顔絵らしきものも描かれていた。

「俺が作った」

落ち着いた声のトーンと、差し出された可愛らしいマニュアル本には強烈なギャップがあった。カイはマニュアル本を覗き込み、大きく吹き出す。

「見た目とのギャップ、すごすぎだろ！」

「あぁ？」

その瞬間、筋肉質の男はカイを威圧するように睨（にら）みつけ、周囲の空気すら凍らせる。カイは一生懸命睨み返しているが、かすかに脚が震えている。

　その空気を察したタケシがすぐに仲裁に入った。

「マコト、落ち着けって。マニュアルを手作りして、誰よりも平和に路上ライブしようとしてる奴が問題起こしたら本末転倒だろ？」

「すまん……」

　そう言って威圧を解除した筋肉質の男は、マコトというらしい。カホンを叩いていたので、サムライアーのドラム担当だろう。大柄で、185センチくらいありそうだ。

「マコトは俺の幼馴染（おさななじみ）でな。こんな悪そうな顔してるのに、可愛いものが好きなんだぜ。ほらっ」

　タケシはマコトの着けているネックレスを少し引っ張り、キョウスケ達に見せる。ゴールドの小さい熊がキラキラと輝いていた。

「うるせーよ」

　マコトは恥ずかしそうにタケシの手を振り払う。少しだけ頬が赤くなっていた。タケシはその流れで、もう一人のメンバーを紹介する。

「こいつはマコトの弟のミノル。ベース担当なんだ」

ミノルと呼ばれた男は長髪を赤く染めていた。前髪が目元を覆っているため、あまり表情はうかがえないが、中性的な美形であることはわかる。

「ね～、もういいから飯行こうよ。ライブやってお腹空いた～」

ミノルは少し高めの声に、ゆるいトーンの話し方だった。

「お、おう。行こうか」

タケシの表情がミノルにつられて緩む。ミノルはサムライアーの中で癒し系の存在のようだ。

「じゃあ、俺たち行くわ。またわからないことあったら気軽に聞いて。これ、連絡先」

タケシはスマホを取り出し、二次元バーコードをキョウスケ達に見せる。二人はタケシのコミュニケーション能力の高さに動揺しつつも、連絡先を受け取ることにした。

キョウスケが二次元バーコードを読み取っている時に、ミノルが口を開く。

「タケシ君がそこまでするの珍しいね」

「少し聞こえてきた二人の演奏から、本気を感じたからな」

タケシは照れ隠しで頭をかきながら答えた。

「あ、ありがとうございます！　連絡先、保存しました」

キョウスケはタケシに褒められたことで笑顔になる。タケシも口角を上げた。

「おう！　それじゃあな！」

そうして、サムライアーの三人はキョウスケとカイの前から去っていく。

「またな～」

カイはサムライアーの後ろ姿にブンブンと大きく手を振る。最初の攻撃的な態度はもうすっかり消えていた。

タケシは振り返らず、片手を挙げる形で別れのサインを送ってくる。

その姿は美しく品性があった。演奏や歌だけでなく、立ち振る舞いも彼らの人気の理由の一つなのかもしれない。

「あいつらカッコいいな！　俺たちのライバルに決定だ！」

カイはテンションが上がっていて、ピョンピョンと飛び跳ねている。

「ライバルって！　ぜんぜん、足元にも及んでなくないか？」

キョウスケはサムライアーのカリスマ的なすごさを目の当たりにし、自分達の未熟さを痛感していた。

「いや、すぐ越えられるっしょ！」

　カイは相変わらず余裕の一言。

「……頑張ろうな」

　キョウスケもなんだかんだと心の中で闘志を燃やす。

　サムライアーは二人にとって、最初の目標となった。

「よしっ！　打ち上げしよう！　ファーストライブの打ち上げ！」

　突然、カイはひらめいたようにそう言った。

「打ち上げ？　ファーストライブ？」

　いきなりのことで、キョウスケは全くそのまま聞き返す。

「うん！」

（——まあ、いっか）

「それじゃ行こうか。話したいこと、俺もたくさんある」

　今日の出来事が新鮮なうちに色々と語りたい。そう思ったキョウスケは、カイの思いつきにツッコミを入れることもなく、受け入れることにした。

　——二つの原石は多くの刺激を受け、そして磨かれていく。

　それぞれの楽器を抱えた二人の顔は、未来への希望にあふれていた。

◇

空腹のキョウスケとカイは機材を抱え、夜道を歩いていた。夜逃げと間違われそうな大荷物。二人はゆっくりとしたペースで一歩一歩、打ち上げ先を探している。

「腹減った〜」

ギターを持ったカイは、空腹のせいか背中を丸めていた。

「あっ、あそこにする？」

キーボードを背負い、アンプを両手で持っているキョウスケは、顎で一軒の中華料理屋を指す。店先には不気味なパンダの置物が飾られていて、それは奇妙なオーラを放っていた。

「なんかヤバそうじゃない？」

珍しくカイが怯えて固まる。キョウスケはその様子を新鮮に思い、半ば強引にカイを誘導する。

「もう、お腹すいたからあの店にしようよ。ほら、行こう」

早歩きで店の前まで進んだキョウスケは、入り口の引き戸越しに中の様子をうかがう。店内は夕飯時だからか、ほぼ満席の状態だった。

諦めようかとも思ったが、中華料理の匂いというのは一度かいだら、口の中がそのモードになってしまう。油の焦げる音と香り。ニンニクとネギの悪魔的な組み合わせの匂い。二人の口の中によだれが溜まり、カイの目が輝いた。

「キョウちゃん！　早く入ろっ！　ヤバそうな店ほど美味いって言うもんな！」

キョウスケの言葉を最後まで聞かず、カイはもう待ちきれないとばかりに店の引き戸を開ける。

「いらっしゃいませ〜」

明るい声で女性の店員が振り返る。ミディアムの髪に爽やかな笑顔、ナチュラルなメイク。キョウスケとカイはその店員の姿に既視感を覚える。

その店員も二人の顔をまじまじと見て、三人ともほぼ同じタイミングで声を発した。

「さっきの！」

その女性店員は先ほどの路上ライブの初めてのお客さん、ユイだった。彼女はこの中華料理店でアルバイトをしているらしい。さっきの制服姿ではなく、黒のパンツに黒のシャツを第一ボタンまで留め、深緑のエプロンを着けていた。

彼女は嬉しかったのか、グイグイと明るいテンションで話しかけてくる。

「えー、どうしたんですかー？　すごい偶然ですね！」

「俺たちこれからライブの打ち上げをしようと思ってたんだ！　ユイに会えるなんて運命かもな！」

カイはそう言ってユイの手を握る。運命という言葉とともに女性の手を握る姿は、まるで結婚詐欺師のようだ。ユイは少し顔を赤くしたが、すぐに仕事モードに切り替えて接客する。

「こちらの席にどうぞ」

ユイに案内されて、キョウスケ達は店内を進んでいく。

家族連れや一人で来ているサラリーマンなど、様々な客層でほぼ満席の状態だったが、一つだけ四人がけのテーブル席が空いており、そこに案内された。

キョウスケが席に着くと、カイは当たり前のように隣に座る。

「え？　隣？　こっち空いてるけど」

キョウスケは対面の席を指さす。カイはキョウスケを見てニッと笑うだけで、動く気配がない。

「なあ、恥ずかしいから対面に座ってよ」

まるで付き合いたてのカップルのような距離感に周りの目が気になって、キョウスケは小声でカイを移動させようとする。

しかし、カイはキョウスケの言葉を聞き流し、テーブルに置かれたメニューを眺めながら答える。

「俺たちはバンドメンバーだからな。キョウちゃんの隣にいるっていうこの景色に慣れておかないと！　ライブの時は向かい合って座らないでしょ？　俺たちの対面にいるのはファンだけでいいの！」

抵抗はあるものの、カイの言いたいことはなんとなくわかる気もした。常識とか理論とかではなく、感覚的なものかもしれない。

「よくわからないけどわかった……それで、何食べるか決まった？」

カイは子供のようにメニューを嬉しそうに見つめている。キョウスケもメニューが見たいのでカイを急かす。

「えっとね～、ラーメンと餃子(ギョーザ)と酢豚と～。せっかくの打ち上げだし、フカヒレとか北京(ペキン)ダックもあったら食べたいな～」

カイの希望を聞き、キョウスケは瞬時に自分の財布を後ろポケットから出した。そしてカイに見られないよう、テーブルの下で中を確認する。

キョウスケの財布には千円札が一枚と小銭が数枚しか入っていなかった。天野ジンという大スターの息子のすごさを改めて実感する。

「やっぱすごいな……俺は750円の炒飯にしとこうかな。金ないし……」

その呟きを聞いたカイの表情が固まり、ショックを受けたように言う。

「え、俺も金ないよ。ほら！」

カイは財布を逆さにして1円も入っていないことをアピールする。

常識が通用しないことはわかっていたつもりだったが、想定外すぎて言葉を失う。

この男と過ごすのは危険かもしれない、とキョウスケは心の中で静かに思った。

「キョウちゃんは先輩だから、おごるのは当たり前として〜」

「当たり前じゃないだろ！　マジでどうする？」

カイは穴が開くほどの眼力でメニュー内容を吟味する。

「炒飯が750円で、ラーメンが700円、餃子が400円……。キョウちゃん、いくら持ってる？」

ため息をついたキョウスケは改めて財布の中を覗き、所持金を数えていく。

「千円札と百円玉が一枚ずつ、五円玉が三枚……」

カイは頭を抱え、貧乏ゆすりをしながら必死に考えているようだった。

「1115円か。二人で食べるとしたらラーメンは一つしか頼めないし、炒飯もダメで……あっ！　餃子を二つ頼もう！　ねっ、キョウちゃん」

打ち上げにきたのに貧乏飯という残酷な状況に絶望感しかなかったが、キョウスケも前向きに考え始める。

「ラーメンと餃子を一つずつはどう？　分け合えばお金足りるんじゃない？」

カイは目を輝かせ、突然立ち上がる。

「それだ！」

店内の客の視線が一気に集まる。キョウスケはその状況に気づき、慌てて周囲に謝罪の会釈をしてカイを座らせる。

「ちょっと落ち着けよ。注文しよう」

カイは子犬のように喜び、右手を勢いよく挙げて店員のユイを呼ぶ。

「お～い。注文していい～？」

その姿を見てユイは微笑み、二人分の水を持って近づいてくる。

「ラーメンと餃子！」

ユイの言葉を待たずに注文するカイ。申し訳なさそうにキョウスケはつけ加える。

「できれば、取り分け用の器もお願いしたいんだけど……」

ユイは運んできた二つのグラスをテーブルに置く。エプロンのポケットからペンと伝票を出してメモを取った。

「打ち上げなのに質素ですね」

二人に同情するような表情でユイがつぶやく。キョウスケは苦笑いすることしかできなかったが、カイは明るい笑顔で返す。

「今はね！　五年後にはこの店の料理、全部頼んでやるよ！」

ポジティブすぎる発言に、キョウスケとユイは大きく吹き出した。

「楽しみにしてろよ！」

「はい！　楽しみにしてます。少し待っててくださいね」

ユイは口元を手で隠して笑いながら、厨房の店主に注文を通しにいく。

「――キョウちゃん！　俺、大事なこと忘れてた！」

テーブルに置かれた水を一口飲み、カイが唐突に言った。

「大事なこと？」

「俺たち、まだバンド名決めてないよね！」

ハッとするキョウスケ。勢いで結成し、勢いで路上ライブを決行と、怒涛（どとう）のスピードでやってきたため、バンド名まで気が回っていなかった。

「なんかいい名前ある？」

キョウスケがそう問うと、カイは椅子の背もたれに寄りかかって顔をしかめる。

「う～ん。プリズンポリスは？」

ダサすぎるネーミングに、キョウスケは飲みかけた水を噴き出しそうになる。

「だっさ！　それ意味わかってる？　監獄の警察だぞ！　警察が捕まっちゃってるじゃん！」

キョウスケのツッコミにカイは涙がにじむほど笑い、手の甲で目の下をこする。

「そういう意味なのか！　響きがかっこいいと思ったんだけど！　じゃあ、ポイズンエンジェル！」

キョウスケもまた爆笑で涙を拭う。

「今度は、毒の天使って意味だから！　矛盾しちゃってるよ！」

二人がそんなやり取りを続けてケタケタと笑い合っていると、ユイが料理を運んできた。

「楽しそうだね。はい、ラーメンと餃子」

テーブルに料理が置かれていく。ラーメンはいわゆるシンプルな醤油ラーメンで、黄金色のスープに沈んだちぢれ麺、その上には細かいネギ、二つに切られた煮卵、厚切りのチャーシューが載っている。

餃子は絶妙な焼き加減に羽根がついていて、二人の食欲が強く刺激された。

「あと、これ。特別サービス」

そう言ってユイが置いたのは、かに玉だった。

卵を五つくらい使ったであろう大きさで、黄色の玉子にかけられた濁りがなく美しい餡。申し訳程度に載せられた蟹。

二人は信じられないといった表情でよだれを呑む。

「え！　マジで？　いいの？」

店中に響くほどの声量で反応するカイの口を、ユイはとっさに手で塞いだ。

「ちょっと！　他のお客さんに聞こえないようにして」

「……でも、本当にいいんですか？」

キョウスケもカイのように叫びたいくらい嬉しかったが、その気持ちを抑え、小声で訊ねる。

「これ、まかないのご飯なんだけど、今日は特別！　打ち上げなんでしょ？　うちからの差し入れだと思って食べて」

キョウスケ達は感動で涙を浮かべる。二人は揃って手を合わせた。

「いただきます」

「いただきます」

二人は餃子から手をつけ、一口味わった瞬間に笑顔になる。ユイは幸せそうに微笑み、二人を眺めていた。

「あっ、言い忘れたけどそのかに玉、具なしだから！　上に載ってるのも蟹じゃなくてカニカマだからね」

二人はユイの言葉を聞いているのか聞いていないのかわからないくらい、食事に夢中になっている。

ラーメン、餃子、そして具なしかに玉。

嬉しそうに食べ進めたカイは、思い立ったように箸を置く。

「決めた！」

キョウスケも箸を置き、口に物を含みながらカイに反応する。

「何を？」

「俺たちのバンド名！」

「お！　何？」

「かにたま！」

「……」

キョウスケはなんと返すべきか迷う。冗談なのか、本気なのか、判別できなかった。

「おい！　なんか言ってよ！」

カイがキョウスケの肩をツッコむように叩く。その衝撃で口の中の食べ物を飲み込んだ。

「……え、それは本気のやつ？」

「本気に決まってるだろ！　というかずっと本気だったけど！　このかに玉を食べた時に思ったんだよ。幸せだな～、また食べたいな～って。質素な感じだけど温かみがあって愛情もある。俺はそんな曲を作って歌いたい！　だから、かにたま！」

名前の意味を聞いて、キョウスケも惹かれた。カッコいいとかオシャレとかじゃない温かい名前。

「うん。いいよ、それにしよう」

キョウスケは笑顔で返す。

この瞬間に高校生デュオ、かにたまが誕生した。

「かにたまかぁ。どんな曲が似合うかな～」

頭の中で楽曲のイメージを膨らませるキョウスケの横で、カイは残りのかに玉を全て頬張ってしまう。キョウスケは少し遅れて、リスのようにパンパンに膨らんだ頬をしているカイに気がついた。

「えっ！　全部食べちゃったの⁉」

キョウスケはかに玉を諦め、いじけたようにラーメンに手をつけようとするが、箸をスープの中に入れても麺が絡んでこない。そしてキョウスケは理解した。

「お前！　ラーメンも食べたな！」

口の中がいっぱいで話すことができないカイは、手を合わせあざとく謝罪の表情を浮かべる。

「ったく……もう少し、かに玉食べたかったなぁ」

カイという存在は、キョウスケにとって絶妙に笑いのツボを突いてくるので、今回も結局許してしまった。カイは口に含んだものを一気に飲み込む。

「またユイに頼もうよ！　お〜い、ユイ〜」

店の引き戸を開けて客の見送りをしていたユイは、店内に戻ると二人の方に向かってくる。

「どうしたの？　お会計？」

「次に来た時も、かに玉出してよ！　俺たちのユニット名決めたんだ！　かにたま！」

カイは嬉しそうに話す。子供のような笑顔にユイはつられて笑った。

「そうね。でも、かに玉はまかないだからメニューにないんだよねー。父に聞いておくね」

「お父さん？」

「そう。この店、私の実家なの。厨房で料理をしているのが私の父なんだ」

「へ～」

カイは席を立ち上がり、厨房へ向かう。

強く燃え上がるほどの火力で中華鍋を振り、パラパラになった炒飯を炒めているユイの父親。その腰に巻かれたエプロンや調理服には、歴史を感じる程よい油汚れがついていた。

食欲をそそる香りが充満する厨房に、カイは声をかける。

「おっちゃん！　かに玉ありがとう！　最高だった！」

ユイの父親は中華鍋を振りながら、優しそうな笑い皺ができた笑顔を見せた。

「おう！　また食べにきてくれ！」

気さくな対応だ。この店が街の人に愛される理由がわかる。結局のところ、味はもちろんのこと、人柄が大事なのだ。

挨拶を済ませたカイは、キョウスケとユイのもとへ戻ってくる。

「おっちゃんいい奴だな！　俺、この店好きだ！」

キョウスケは芸人のようにカイの頭を叩き、ツッコミを入れる。

「いい奴って言うな！　せめていい人だろ」

そんな二人のやり取りに、ユイはクスッと笑う。

「父も嬉しいと思うから平気よ」

楽しげな空気感の三人。カイはユイに宣言する。

「決めた！　俺たち超売れて、豪華なかに玉100個頼む！」

ユイもカイの扱い方がわかってきたのか、少し意地悪な表情で言葉を返す。

「絶対に残さないでよ～？」

「残さないから！　めちゃくちゃ腹空かしてくるから！」

カイは冗談ではなく、本気で言っているようだ。そんなカイを見ていると人間に不可能なんてないと思えてくる。それがカイの魅力なのだ。

「売れたら恩返しするね。今日はサービスまでしてくれてありがとう」

キョウスケも礼を言い、二人は荷物を持って店を出る準備を始める。

「じゃあ、お会計するね」

こうしてキョウスケのおごりで会計を済ませ、店を出ていくかにたまの二人。

大荷物を持ち、月光に照らされて歩く二人は、太陽のようにまぶしく輝いていた。

かにたまを結成して、二年が経過した。

キョウスケは高校を卒業して十九歳になり、1Kのマンションで一人暮らしを始めていた。

室内には電子ピアノや、一人暮らしセットで販売されていた格安の家具類が置かれている。テーブルの上には歌詞が書かれたメモが散乱し、その中心にあるノートパソコンでは楽曲制作ソフトが開きっ放しになっていた。ファイル名は「かにたまデビュー曲」だ。

ソファにはカイのエレキギターも立てかけられていた。鍵が開く音が部屋に響く。

「ただいま〜」

帰ってきたのは、高校最後の年を迎えた制服姿のカイだった。

「キョウちゃん、帰ってないのかぁ」

そうつぶやきながら部屋のカーテンを開け、カイは焼きつけるような夕陽を浴びる。

「あっつい！」

綺麗に並べられたリモコンの中から、エアコンのものを手に取ってスイッチを押す。

「続き続きっと」

カイはノートパソコンの前に腰かける。鼻歌を音階に落とし込む作業を始めると同時に、電源の点いたエアコンが機械音を出して唸る。

「う～ん……転調した方がいいかな～」

ギターで実際にコードを鳴らして確認し、ソフトに打ち込んでいく作業を続けていると、ドアの開く音が聞こえた。

「ただいま」

コンビニに行っていたキョウスケが大量のドクターペッパーを手に帰宅する。

「おかえり。デビュー曲なんだけどさぁ！　めっちゃ良いメロディができたから聴いてよ！」

「聴かせて！」

キョウスケは目を輝かせ、カイの隣に座るとノートパソコンを覗き込んだ。カイが再生のボタンを押し、まだ完成していない曲が流れ出す。

ピアノから始まった。繊細で綺麗なイントロ。ピアノ教室の息子であるキョウスケによく似合うメロディ。遅れてエレキギターが激しく入ってくる。ロックスターの息子のカイによく似合うギター音。二人の名刺のような楽曲だ。

「おお！　すげー良いじゃん！　俺も歌詞、仕上げるね！」

カイが作曲、キョウスケが作詞という二人の共作で楽曲制作は進められていた。

彼らは三ヶ月後にメジャーデビューする。

半年前、路上ライブをしている時にレコード会社のプロデューサーに声をかけられ、かにたまとサムライアーが同じ日にデビューすることが決まったのだ。

今はデビューに向けて楽曲制作の合宿中だ。

「来月までに完成させなくちゃいけないもんな。ってか、本当に歌詞のテーマは春と出会いでいいんだよね？　今は夏だけど」

「おう！　やっぱ俺たちの出会いは運命的だったし、曲にしてちゃんと残したいからね！　サムライアーはラブソングらしいよ」

「まあ、俺たちはラブソング歌えるほど、ラブを知らないからな……」

「おい！　悲しいこと言うなよ！」

「――タケシって彼女いるのかな？」

「知らねぇ！　さっさと歌詞書け！」

カイがキョウスケにツッコむ。この二年という年月で二人の関係性も少し変わった。今ではキョウスケが自虐ネタを言って、カイがツッコミ役に回ることもある。

「一個、キョウちゃんに提案があるんだけどさぁ。デビューしたら自由に路上ライブとかライブハウスで演奏とかできなくなりそうだし、最後にユイのためだけにライブやらない？　あいつ、この二年間スゲー良くしてくれたじゃん。路上ライブの許可取りしてくれたり、他にも事務的な作業をやってくれたり。それにたぶん俺たち、具しかに玉300個くらい食べさせてもらってるし」

キョウスケは二つ返事で答える。

「いいね、やろうか！　俺たちのユニット名だってユイとの出会いがあったからこそだしね！」

「よしっ！　それじゃ早く、曲完成させようぜ！」

カイはニッと笑う。キョウスケも笑顔を返し、二人は作業に没頭していった。

テーブルの上はいつの間にか歌詞のメモでいっぱいになり、ノートパソコンさえも埋もれていた。

◇

部屋の窓からは雲のない夜空が見える。キョウスケは何度も歌詞を書き直していた。

メロディはすでに完成している。カイは歌詞ができるのを待ちながら、ギターをかき鳴らしていた。

二人は曲から作る曲先、詞から作る詞先の、どちらの作曲方法も用いる。型を決めることはなく、良い方に合わせていくという方法を取っている。

「こんな歌詞はどうかな？」

キョウスケは一枚の紙をカイに手渡した。一行目に題名として『サクラトラベラー』と書かれている。カイは渡された歌詞をじっくりと読み始めた。

「……」

キョウスケは緊張した面持ちで唾を飲み込む。

作った歌詞を他人に初めて見せる時は緊張する。自分がいいと思ったものが理解されなかったり、直した方がいいと言われたりするとショックだからだ。

最後まで目を通したカイが口を開いた。

「めっちゃ良いじゃん！　キョウちゃんすげー！　ってか、『サクラトラベラー』ってタイトルもセンスあるよ！」

その言葉を聞き、キョウスケはホッとする。安心したと同時に流暢に語り出す。

「でしょ？　桜って春にしか咲かない花だし、春に咲いた桜が四季を旅するみたいなイメージなんだ！　それに日本の桜が世界中を旅するって素敵だよな！　俺たちはこの曲に出てくる桜のように、どんな季節もどんな国も旅していこうよ！」

カイは手を叩き、声を出して大笑いする。

「キョウちゃん最高！　絶対売れるよ！　超ワクワクしてきた！　この曲でデビューして、全国ツアーしてるイメージが湧いてくるー」

キョウスケもカイの反応が嬉しく、会話に乗っていく。

「楽しそう！　その内、アジアツアーとかもしたい！」

「いやいや！　ワールドツアーでしょ！」

二人は未来の話で盛り上がる。

夢を語る二人の青年の表情は希望に満ちていた。

「よーし！　あとはメロの調整とアレンジを頑張ろうぜ！」

「おう！」

キョウスケは興奮したように連続で頷き、満足そうな笑顔を見せた。完成した歌詞を見て気合いを入れ直したカイが、ノートパソコンに向かい作業に取りかかろうとした時、「ぐ〜」という音が響く。

「あ、腹減ったね」

鳴いたのはカイの腹の虫だ。

スマホの画面に軽く触れ、時間を確認するキョウスケ。時刻は二十一時ちょうどだった。

「ユイの店行こうぜ！　こんな日は、具なしのかに玉食おう！」

「お！　行くか！」

二人は外出する準備を始める。カイは手ぶらで玄関に向かい、キョウスケは部屋のカーテンを閉じてから、制作途中のデータが表示されたノートパソコンをそっと畳んだ。

◇

中華料理店リンリンに入るため、カイは入り口の引き戸を開けた。二十一時を過ぎているこ ともあり、店内はいつもより落ち着いている。

「いらっしゃいませ〜」

元気なユイの声が迎える。それは二人にとって慣れた声で、いつもの、という表現がピッタリだった。

「おー！　いつもの席、座っていい？」

「ちょうど空いたところだよ」

キョウスケとカイは初めて訪れた時と同じ席に、同じように座るのが決まりになっていた。ちょうどよく空いていたため、二人は足早に席に向かう。

「今日は絶対、この席に座りたかったんだ〜」

「今日はというか、いつもでしょ」

そう言ってユイは笑う。

「今日はなんにする？　いつものでいいの？」

カイより少し遅れてキョウスケも席に座り、かにたまの二人は声を揃えて返事をした。

「もちろん！」

「は〜い」

ユイは店主に注文を通してから、二人の席に戻ってくる。

「なんか機嫌良さそうだね」

ユイは些細な変化によく気がつく。

この日は二人の声のトーンが少しだけ高く、歩く速度も速かったのでそう感じたのかもしれない。

「まあね！　俺たちのデビュー曲の完成が見えてきたんだよ！　キョウちゃんの歌詞と俺のメロディが絶妙に絡み合って、名曲になること間違いなし！　聴きたい〜？」

カイは高いトーンでそう問いかける。

「うん！　聴かせて」

「まあまあ。そんなに焦るなって。まずは飯食わなくちゃ！」

「お前が煽ったんだろ」

キョウスケがあきれた様子でツッコミを入れる。

「はいはい。まずは具なしかに玉持ってきますよー」

ユイもカイの発言を軽く受け流した。なんでもない若者達のやり取りは微笑ましい。かにたまの二人の魅力は、周囲までも幸せな気持ちにさせてしまう人柄と空気感だった。厨房から店主の声が聞こえる。

「ユイ！　できたぞ！　運んで」

「は～い」

湯気の立った、できたての具なしかに玉が二つ運ばれてくる。

「待ってましたー！」

カイは立ち上がって唾を飲み込んだ。

高校生の頃は一つのかに玉を二人で分け合っていたが、キョウスケが卒業し、一つしか頼まないことが恥ずかしくなってきたため、たとえ金欠だったとしても、最近は二つ頼むようになっていた。

「いただきます！」

二人は手を合わせ、同時に食べ始めた。

会話もせずに夢中で、具なしかに玉を口に放り込んでいく。初めて店に来た時から何一つ変わらない二人の姿をユイはじっと見ていた。

二人はもうじきメジャーデビューする。

そのことにユイは少し寂しさを感じていた。

「……デビューして有名になっても、ご飯食べにきてね」

独り言のように小声でつぶやく。

「ん？」

キョウスケが反応して、少し手を止めた。

「ううん。なんでもない！　食べたらデビュー曲、聴かせてよ」

「あー、しょにょきょとにゃんじゃどど！」

かに玉を口の中に詰め込んだまま、カイがいきなり話し出す。口の周りに食べ物がついていて、まるで五歳児のようだ。

「飲み込んでからしゃべれよ！」

キョウスケが母親のように注意する。カイはコップに入った水で口の中の物を流し込み、話を続けた。

「ふー。そのことなんだけどさ。ユイのためにライブしたいんだけど、来てくれる？　俺たち、めちゃくちゃお世話になったから感謝を込めた特別ライブ！　かにたまってというユニット名も、ユイがいなかったら生まれなかったわけだし、今までありがとう、これからもよろしくお願いしますって気持ちを込めた歌を、ユイに聴いてほしい！」

「……」

想像もしていなかった提案にユイは固まる。キョウスケがカイの言葉を継ぐ。

「俺たちのデビュー曲、もう少しで完成するから、最初に聴いてもらうのはユイがいいねって話してたんだ。駅前のライブハウス借りて、完全にシークレットなライブを開催しようと思ってる。もし良かったら来てよ」

ユイは目を潤ませる。

デビューしてしまったら、会えなくなってしまうかもしれない。自分のことなんて忘れてしまうんじゃないだろうかと思っていたユイは、二人の想いを聞いて嬉しさと安堵を覚え、涙をこらえるような震えた声で答えた。

「うん！　絶対行く！」

「今までで一番いいライブにするぜ！」

カイはニッと笑って見せた。

「打ち上げは今日と同じかに玉食べさせてね！」

キョウスケも優しく笑った。

ユイは潤んだ瞳を袖で拭い、ニコッと元気よく笑顔を浮かべる。

「その日は私の奢りにしてあげる！　カニカマじゃなくて本物の蟹載せてあげる！」

「マジ？　よっしゃー！」

バタバタと全身を使って、カイが喜ぶ。

「楽しみにしてるね！」

未来に向かって進む若者達の笑い声はキラキラと輝く。

それは一軒の町中華の外まで響き渡っていた。

それから二週間はあっという間だった。ユイのための特別ライブ当日。

暑く照りつける太陽。昨日の大雨で作られた水溜まりがそこらじゅうにあるため、湿度が高く蒸し暑い日だった。

大雨の翌日は決まって雲一つない青空が広がる。そんな快晴の駅前の地下、螺旋階段を降りたところにあるライブハウスから、エレキギターとピアノの音が聞こえてくる。

ライブハウスでは、かにたまのライブリハーサルが行われていた。約百人を収容できる会場にたった一人だけを招待した特別なライブ。その準備が着々と進んでいく。

「よしっ！　いい感じになったんじゃない？」

会場によって音の響き方が違うので、スピーカーの位置や機材の設置場所は毎回変える必要がある。またアーティストのコンディションに合わせて、マイクのボリュームなども完璧に調整しなければならない。

普段はライブハウスのスタッフがやってくれる作業も、二人でやった。

「キョウちゃん、調子いいね！」

「カイも乗ってるね！」

二人が納得できるレベルまで高められた音。デビューを控えた彼らはプロの表情になっていた。

二人が調整を終えた頃、長く綺麗な髪を揺らしながらライブハウスのオーナーがやってきた。

「あんたたち、相変わらず良い音じゃない。今日の会場代は出世払いだからね。思いっきりやんなっ！」

カイとキョウスケの音に惚れ込み、いつも良くしてくれる姉御肌のオーナー。昔バンドをやっていた経歴もあり、引退した後にライブハウスの経営を始めたらしい。二人が金銭面で会場について悩んでいた時に、それならばここでやればいい、と提案してくれたのだ。

「サンキュー！　スタインウェイのピアノつけてちゃんと返すぜ！」

「そんなの邪魔になるだけだろ！」

オーナーは相変わらずのカイとキョウスケのやりとりを見て、満足げに帰っていった。

「へへ！　あとはユイが来てくれたら完成だ！　そういえば、あれ持ってきた？　ユイへのプレゼント！」

ギターをスタンドに立てかけたカイは、キョウスケに聞く。すると、キョウスケはハッとした表情になって青ざめた。

「やべ！　演奏のことでいっぱいいっぱいになってて、忘れた……」

「おいー！　じゃあ、俺が取りにいってくるよ！」

「うちのテーブルの上に置いてあるからお願いします！　俺はもう少し鍵盤触って、調整しておくわ。なんか緊張しちゃって」

キョウスケが緊張していることにカイは気づいていた。だから気を遣って、一人でキョウスケの部屋にある忘れ物を取りにいくと言ったのだ。

「相変わらずメンタル弱いな〜！　まあ、納得するまで準備してなよ」

「うるせー。そうさせてもらうよ」

そう言ってキョウスケは鍵盤に向き直り、個人練習を始める。その様子を眺めて、カイは小さく微笑んだ。

カイもなるべくギターに触れていたかったので、ケースにしまい、背負ってライブハウスを出る。

「そんなに緊張しなくたって、キョウちゃんはいつも完璧なのになぁ……」

ぼやきながら足早に螺旋階段を上がり、カイはじめじめとした街の中を歩いていく。

「サクラトラベラー……春に咲いてたこの辺の桜もどこかに旅に出たのかなぁ」

カイはかにたまのデビュー曲を口ずさむ。ライブハウスからキョウスケの家までは徒歩五分くらいで、到着したカイは慣れた様子で鍵を開けて中に入る。

そうしてテーブルの上に置かれた、綺麗にラッピングされた小さなプレゼントボックスを手に取った。

「あったー。ってか、大事なものなんだから忘れるなよなー」

小言を言いながらも嬉しそうに部屋を出る。

カイは小走りでライブハウスへの道を引き返した。

時折、強く風が吹きカイの服を激しく揺らす。全身ににじみ出した汗を不快に思ったカイは、冷房の効いたライブハウスに早く戻ろうと速度を上げる。

「はあはあ……」

駅前の信号に引っかかり、呼吸を整える。早くライブハウスに戻りたいという思いからか、赤信号がいつもより鮮やかに見えた。

約十秒。わずかな待ち時間。立ち止まると汗が噴き出してくる。シャツをパタパタと揺らし、内側に風を入れていく。

じっと見つめていた信号機が赤から青に変わった。カイはすぐに足を踏み出す。

――その瞬間。急ブレーキの音とともに鈍く重い音が鳴り響いた。

中華料理店に時計の針が刻を進める音が響く。

ユイは二本目の瓶ビールを注ぎ始めた。

キョウスケは少し顔が赤くなっている。普段はあまりアルコールを飲まないため、抵抗力があまりなく酔いも早いのだ。

二人であの日のことを話したのはこれが初めてだった。

「私、カイのこと好きだったんだ……でもね、カイがデビューしてスターになっていったら、恋する時間なんてないじゃない。だから、気持ちだけ伝えて諦めるつもりだった。付き合ってくださいじゃなくて、ずっと応援させてくださいって。でも、それも叶わなかった」

涙ぐむユイにかける言葉が出てこない。キョウスケは沈黙の間を埋めるようにビールに口をつける。

ユイは少し酔った様子で言葉を続けた。

「カイが亡くなってから、キョウちゃんもぜんぜん連絡くれなくなって、会うのはカイの命日にうちの店でかに玉食べる時だけになったでしょ。弱音を話せる人ってキョウちゃんしかいなかったけど、塞ぎ込んだキョウちゃんを見てたら、そんなこと言えないなぁって思っちゃって。代わりに、キョウちゃんに色々厳しいこと言っちゃったんだよね。ごめんね」

キョウスケはあふれそうになる涙を必死に抑えていた。

「ライブ、やるから……」

聞き取りづらいほど、か細い声だった。

「え？」

ユイが聞き返す。

「ライブやるから！　今からでも！　一秒でも早くやるから！　来てください！」

勢いに任せたような言葉に感じられるが、キョウスケは真剣で嘘偽りがないまっすぐな瞳をしていた。ユイの中で、目の前のキョウスケが三年前の夢を追っていた頃のキョウスケと重なる。

「……」

「ダメかな？」

キョウスケが改めて問う。ユイは噛み締めるように微笑み、頷いた。

「ダメじゃない。ありがとう」

「よし！」

高まった感情に身を任せ、キョウスケは残りのビールをグッと飲み干す。その姿を見ながら、ユイはからかうように言った。

「今からでもって言ってたけど、本当に？」

「それは……ごめん！　今からはさすがに無理でした」

声を出して笑い出したユイに、苦笑いを浮かべるキョウスケ。

「じゃあさ、あのライブハウス、いつなら空いてるのか確認してみようよ」

ユイはスマホでホームページを開く。画面には、懐かしいライブハウスの写真が数十枚も掲載されていた。キョウスケの脳裏に、カイが亡くなった日のことがフラッシュバックする。

「キョウちゃん？」

キョウスケの異変に気づいたユイが優しいトーンで声をかけてくる。

「気にしないで。大丈夫だから」

ユイは心配そうにしながらも、スマホの画面に触れ、ライブハウスのスケジュールページへと進んでいく。

「明日、ちょうど空いてるよ」

キョウスケは黙ったまま思考を巡らせる。

「……まあ、明日は急すぎるよね。その次は～」

「――明日！」

「え？」

「明日やる！　予約しよう」

キョウスケは両拳を握り、覚悟を決めた表情を見せた。

「大丈夫なの？」

「決めたから！　明日楽しみにしてて！　十七時に、かにたまで予約しておいて！　ビールご馳走様」

空いたグラスをテーブルの隅に寄せ、キョウスケは急いで店を出ていく。

思い立ったらすぐ行動、というカイの専売特許のような決断。ユイはキョウスケにかつてのカイを重ねた。

残されたユイはスマホでライブハウスの予約を完了させる。

【十七時　かにたま】

その表示を見て、ユイはふっと微笑む。

「オシャレしていかなくちゃ」

先にキョウスケの自宅に戻ったカイはソファに胡坐をかき、エレキギターを激しく鳴らしていた。ユイの気持ちを初めて知ったカイは、今の自分じゃユイに対して何も

してあげられないという無力さに包まれていた。そうして奏でる音は哀愁に満ちたマイナーコードの進行で、鈴虫の鳴き声までも悲しく聞こえた。

「ただいま」

キョウスケが帰ってきたので、カイはギターを弾く手を止める。

「おかえり〜」

カイはキョウスケの姿が見え始めたところで話し出す。

「俺、ユイの気持ちにぜんぜん気づいてなかったんだ……ん？」

何かに気がついたように、カイは話を中断し、辺りの匂いを嗅ぎ始める。そのままキョウスケに近づいていき、クンクンと嗅ぎ回った。

「酒くさっ！　キョウちゃんどうしたの？　顔真っ赤だし！　え？　そんな飲んだの？」

フラフラと足元がおぼつかない様子のキョウスケは、すぐにベッドへと倒れ込む。

「飲みすぎた〜。ユイと話し込んだの、かなり久しぶりだったから緊張しちゃった〜」

緩んだ笑顔で満足そうに言うキョウスケ。カイはキョウスケが帰ってきたら話そうと思っていたことを全て忘れ、その顔を眺める。

「キョウちゃん大人になったんだなぁ。ってか！　水飲む？」

「うん〜。ありがとう〜」

カイがキッチンに移動し、水道水をグラスに入れていると、後ろからキョウスケの声がした。

「カイ〜。明日ライブすることになったから〜。よろしくね〜。ユイも楽しみにしてるって〜」

急な展開に少し驚きはしたものの、それはカイにとって嬉しい話だった。

自分がこの世に戻ってきた理由はきっと、もう一度ライブをして、止まってしまったキョウスケの時間をまた動かすためなのだから。

カイはキョウスケが前に踏み出したことが嬉しくて微笑む。

「そっか、頑張ったな。……てか！　早く起き上がって水飲めよー」

起こそうと肩を揺するが、キョウスケは一向に起き上がる気配がなく、ただしゃべり続ける。

「いや〜、カイとも酒飲んでみたかったな〜。きっと楽しいんだろうな〜。ユイにもカイが見えたら良かったのに〜」

好き勝手にしゃべるだけしゃべって、キョウスケはそのまま眠ってしまった。

カイはキョウスケの身体で潰されているかけ布団を引っ張り出し、それをキョウスケに被せ直す。

「俺だって、死にたくて死んだわけじゃねーよバーカ……」

まるで心の声が漏れたように一言つぶやき、カイはソファで横になって目をつむった。

◇

翌朝。だらしなく眠り続けているキョウスケの頬を、カイは叩き続けていた。

「おーい！　お〜き〜ろ〜よ〜。ライブは〜？」

「ライブ！」

ライブという単語がトリガーになったようで、キョウスケは突然目を開け、バッと起き上がる。

「ビックリした〜！　急に起きるなよ！」

キョウスケは立ち上がってスマホを見る。現在時刻は八時三十分だ。

「そう！　ライブやるよ！　ユイが十七時に予約してくれてるから、それまで練習しよう！」

「その前にシャワー浴びろ！」

カイに強く言われて、キョウスケは昨夜帰ってきてそのまま眠ったことを思い出した。不思議と二日酔いもなく頭はスッキリしている。

「確かに！　シャワー浴びてくる！」

急いで風呂場に向かっていくキョウスケを見送り、カイはギターを抱える。

「お前を弾くのも、これが最後かなぁ。やっぱ、寂しいな……」

カイは今ここに存在しているが、生き返ったわけではない。本来いるべき場所に、いつか帰らなくてはならないのだ。

「俺は、一瞬でも戻ってこられて幸せだったよ。ありがとう」

おそらくライブが終わったら、カイは帰らないといけないだろう。それは普通のことだ。ここにいる方が普通ではないのだ。

「もう一度だけでいいから、かに玉食べたかったなぁ……」

カイは目元を腕で拭う。

「最後は楽しい気持ちで終わろうな」

ギターにキスをしてケースにしまう。カイは自分が消えてしまう予感については伏せて、ライブに臨もうと決めた。

キョウスケがドタバタと、濡れた髪に上裸の姿で戻ってくる。

「早くライブハウス行って準備しなくちゃ！　カイはあとどのくらいで家出られる？」

「俺はいつでも大丈夫。ってか、ずっとキョウちゃんを待ってるんだけど」

「確かに！　急ぐね！」

バスタオルで髪の水分を雑に拭き取りながら、キョウスケが返答をする。

その様子を微笑みながら見つめるカイ。キョウスケに悟られないようにしていたが、その瞳は寂しさに満ちていた。

ライブハウスの照明が、キョウスケのピアノの音に合わせてチカチカと色を変えていく。リハーサルは順調に進んでいた。

客席にはライブハウスの女性オーナーが一人。足でリズムを取りながら立っていた。

カイが亡くなった日も、かにたまのステージ作りの手伝いをしてくれていた。二人にとっては恩人である。

「キョウスケ君の音は相変わらず繊細で綺麗だ」

オーナーはスマホを取り出し、リハーサル風景を動画で撮影し始めた。

その画面にはキョウスケの姿が映っている。ステージのセンターからやや左にズレたポジションでキーボードを弾いていた。

キョウスケと反対側のスペースには、カイが気に入って使っていたアンプにエフェクター、そしてギタースタンドが置かれている。

まさに、かにたまのライブでの配置だった。

ステージの前面に設置されているスピーカーに足をかけて、エレキギターを激しく弾くカイの姿を思い出し、オーナーはわずかに鼻をすする。

「いい感じだ」

キョウスケの視界には、自分の反対側で演奏しているカイが当たり前のように映っている。

アーティストにとってリハーサルの時間は、限られた貴重なものだ。自分の理想のパフォーマンスに近づけるために何度も何度も調整していく。

本番ではアドレナリンが多量に分泌されるため、高揚してミスもしやすくなる。その状態を落ち着かせることができるのは、リハーサルという経験値だ。

「そろそろいいんじゃないか？　あとは本番で」

キョウスケは小声でカイに話しかける。カイは頷いてギターを置いた。

「うん。やりすぎると新鮮さがなくなるもんね」

矛盾する部分もあるが、リハーサルというのは完璧にこなせばいいというものでもない。95％の完成度で終わらせ、本番への緊張感を維持するアーティストもいる。カイはそのタイプだった。

リハーサルを終えると、キョウスケはステージを降りてオーナーのところへ向かった。

「今日は本当にありがとうございます」

「構わないよ。キョウスケ君がもう一度、このステージに立ってくれるのは本当に嬉しいから。カイ君のこともあったし、もうここへは来てくれないのかなと思ってた。こちらこそありがとね。きっとユイちゃんも楽しみにしていると思うよ」

オーナーはそう言って受付に向かった。

カイは二人の会話をそばで聞き、それから満足そうにステージへと戻っていく。キョウスケもステージに上がり直し、キョウスケはキーボードの前に、カイはギタースタンドの前に立った。

キョウスケとカイは二人きりの会話を始める。

「もうすぐだね、キョウちゃん」

「うん」

「俺が生きてたら、かにたまはどんな感じになったんだろうな〜。CDデビューして、武道館でワンマンライブして〜」

「客席は超満員で〜」

「キョウちゃん、緊張して手震えてそう」

「それは仕方ないだろ！　カイは本番ギリギリまで寝てそうだよ」

「寝るか！」

二人は顔を見合わせてくすりと笑う。キョウスケはもしもの話を続けた。

「打ち上げはユイの店行って〜」

「具材入れてもらったかに玉を出してもらう！」

「いっそ、豪華なかに玉100個頼む約束を果たしちゃおうよ！」

「いいね！　それで腹いっぱい食って、帰りはリムジンで帰るとか〜？」

「最高じゃん！　やりたいこと、たくさんあったな〜」

しみじみと言うキョウスケに、カイは少し真剣な態度で訊ねる。

「キョウちゃん。確認だけど、今回はちゃんとプレゼント持ってるよね？」

「当たり前だろ！　ほら」

キョウスケはユイに渡すはずだったプレゼントをポケットから出して、カイに見せる。事故にあったままの状態ではなく、新しくラッピングし直した小さな箱だ。

「ははは、良かった。ちゃんと渡してスッキリしようぜ」

ちょうどその時、会場の扉が開く気配を感じ、二人は黙った。

緊張感を持ったままステージ上で待つ、かにたま。

防音の分厚い扉が少しずつ開いていく。唾を飲み込み、マイクを手に取るキョウスケ。ギターを持ち、演奏の準備をするカイ。

扉が完全に開き、ユイの姿が見えた。

店にいる時とは違い、髪は巻かれ、白を基調としたカジュアルフォーマルの可憐な姿で会場に入ってくる。

カイはユイの姿を目にした瞬間、覚悟を決めた顔つきに変わった。ライブを終えた後、成仏することを受け入れた表情だった。

キョウスケはマイクを使って語り出す。

「かにたまファイナルライブへ、ようこそ」

しかし突然、キョウスケの脳裏にカイのあの時の言葉が呼び起こされる。

――きっとあの時のライブをきちんとやり遂げるために、俺は戻ってきたんだ！

（あれ？　もしかして、このライブが終わったらカイはいなくなるのか？）

「す、少し待ってください。ごめんなさい……」

ユイは心配そうにキョウスケを見守る。手を祈るように強く握りしめていた。

キョウスケはマイクを下ろし、ギュッと目を瞑る。

（嫌だ。なんでこんな簡単なことに気づかなかったんだろう。ライブ、やっていいのか？）

カイはすっとキョウスケのそばに寄って口を開く。

「大丈夫。いなくならねーよ、さっさとライブしようぜ」

カイの言葉を聞き、冷静さを取り戻したキョウスケはもう一度マイクを口元に近づける。その様子を見たカイは自分の立ち位置に戻っていった。

「すみません。改めて今日はありがとう！　三年前、僕らはデビューするはずでした。

でもそうはならなかった。だけど、もう一度だけここで歌いたいと思います。ユイのために……。聴いてください」

キョウスケとカイは声を揃えて、曲のタイトルを宣言した。

「サクラトラベラー」

キョウスケのピアノの演奏から曲が始まった。その音は温かく、ライブハウスの中に満開の桜が咲いたように広がった。その優しい空間に雷鳴のような激しいギターの音が交わり、キョウスケとカイは幸せに満ちた表情で視線を合わせる。

ユイにはピアノの音しか聞こえていないし、キョウスケの姿しか見えていない。

だが、カイは確かにこの場所にいる。キョウスケもカイも、それで良かった。

ユイの脳裏には、二人との思い出がフラッシュバックしていた。

初めて出会った路上ライブ、実家の中華料理屋で具なしのかに玉を口いっぱいに放り込むカイ。夢を大声で語るカイ。ギターのチューニングをするカイ。様々な光景が蘇る。

「……カイ、あのね。私、初めて会った時はカイのこと変な人だな、あんまり関わらない方がいいかもな、なんて思ってたんだ。でもね。途中から一緒にいるのがすごく楽しくなったんだよ。お金ないのにいっぱい注文してくるし、バカだし、思ったこと全部言うし。そんなカイのことがいつの間にか好きになっちゃってさぁ。この人と一緒にいたら、毎日笑いっぱなしなんだろうなって思ったんだ。でもこの気持ち、伝えられなかった。まさか死んじゃうなんて思わないよ。もう会えないけど、私の言葉は届かないと思うけど——好きです」

ユイはライブを見ながら、自分の思いを成仏させるように言葉を紡ぐ。

かにたまの演奏は続いていく。

キョウスケの歌に合わせて高音でハモるカイ。懐かしくて温かい歌声、このユニットが今もあったら、間違いなく人気デュオになっていたはずだ。

『サクラトラベラー』には「旅立った桜が世界の景色を見てここに帰ってくる」という内容の歌詞がある。

この曲を演奏していたら、カイがもう一度ここに来てくれるのではないか。ユイがそんなことをふと考えた瞬間だった。

「——え？　カイ？」

ユイの瞳の中に、カイの姿がはっきりと映った。

カイは足元のスピーカーに片足をかけ、見慣れたデニムにTシャツ姿でギターをかき鳴らし歌っている。高音を出す時に少し肩を上げる癖もそのままだ。見間違いではない。

「……本当に、戻ってきてくれたんだね」

ユイの両目から涙が次々にあふれてくる。それでもステージをまっすぐに見つめて、一度も視線を外さなかった。

ユイに見守られながら曲が終了する。最後の一音を鳴らした直後、カイはユイの目を見て口を開く。

「ありがとう」

声は届かなかった。しかし、ユイも心の奥で答える。

（わたし、頑張って生きるね）

カイはニッと笑顔になり、そしてユイの視界から消えた。

ほんのわずかだったが、ユイは確かにカイと会うことができた。それはとても幸せな時間だった。

キョウスケはカイとアイコンタクトを取り、最後に伸びていた音を同時に止める。

二人の幻のデビュー曲『サクラトラベラー』が終わり、キョウスケはステージを降りてユイのもとへ向かった。ユイは静かに涙を拭う。

「キョウちゃん、今日は本当にありがとう。なんかね、ステージにカイがいた気がしたの。ありがとうって言ってくれた気がしたの」

「そうだね」

「え？」

キョウスケは話題を切り替えるように、綺麗にラッピングされた贈り物をユイに差し出した。

「これ、俺とカイからのプレゼント。いつもありがとうの気持ちです」

「プレゼント……？」

ユイは困惑した様子で首を傾げた。

「実はね。三年前、ライブの最後にユイにこれを渡そうって言ってたんだけど、渡せなかったんだ。三年越しになってしまったけど、受け取ってください」

ユイはカイのようにニッと笑う。その目からはまた涙があふれそうになっている。

「ありがとう。開けてもいい？」

「もちろん」

笑顔で答えるキョウスケ。ユイがゆっくりとラッピングを剝がしていくと、金属製の箱が姿を現す。

「これは、オルゴール？」

キョウスケは、少し恥ずかしそうに頭をかきながら答える。

「開けてみてよ」

オルゴールのふたを開けると、『サクラトラベラー』のサビのメロディが流れ出した。ライブハウスにオルゴールの音が響く。

ユイはすごく嬉しそうに、オルゴールをぎゅっと抱きしめた。

「本当にありがとう！　一生大事にするね」

「うん。カイも喜ぶと思うよ」

「……」

少し沈黙した後、ユイは意を決したように切り出す。

「私、この後カイのお墓行ってくる」

ユイは自分の鞄(かばん)から綺麗な手紙を取り出してみせた。

「うん」

そのやり取りでキョウスケの心も少し救われた気がした。

ふとカイの方に視線を向けると、そこにはもう誰の姿もなかった。キョウスケはカイとの別れを覚悟し、ユイに言葉をかける。

「カイのお墓……俺も一緒に行っていいかな？」

ユイは微笑みながら返した。

「もちろん」

月明かりがキョウスケとユイを照らす。様々な虫達の鳴き声や羽音が響く墓地。そこに天野カイの墓がある。

ライブが終わってからカイの姿を見ていなかった。

キョウスケは感謝を。ユイは伝えられなかった恋心を。

それぞれ伝えるためにカイの墓の前に並んでいる。

二人はしゃがみ込んで、言葉を発することなく手を合わせた。

カイの墓から帰ってきたキョウスケは、家の鍵をポケットから取り出す。その表情

には大きな達成感と寂しさ、二つの対極の感情が浮かび、混ざり合っていた。

「……」

ドアを開けると、部屋の中からテレビの音がうっすらと聞こえてくることに気がついた。

「あ、またテレビ……」

そうつぶやいて部屋に向かう。

すると――。

「おかえり」

そこには、成仏したと思っていたカイがいた。

「え？　なんで？」

キョウスケはひどく混乱して質問する。

カイはニッと笑い、言葉を返した。

「よくわかんないけど、俺、まだいるわ！」

第三章　サムライアー

開けた窓から、カラッとした風が吹き込んで部屋の中を駆け巡る。テーブルの上には皿が一枚置かれていて、食べ終わったスイカの皮が載っていた。

ソファに転がったカイはうちわで扇ぎ、テレビの画面を眺めている。

キッチンの方からキョウスケの声がした。

「食べ終わったら皿持ってこいよー」

「ん～」

カイは気だるそうに短く返事をする。キョウスケは節水するために、細かく水を止めたり出したりして、効率良く食器を洗っていく。結局、カイが食器を持ってこなかったため、キョウスケは「ったく……」と悪態をついて、部屋に取りにいった。

すると、突然。

「うえええええええ!!」

カイがテレビを見て大きな声を上げた。

「どうした？」

その声に驚いたキョウスケが怪訝(けげん)な顔で訊ねる。

「サクラトラベラー……」

「ん？」

「今、CMで流れてた！　一瞬だったけど、あの歌声はサムライアーだった気がする！」

キョウスケは動揺したカイの様子に、申し訳なさそうな表情になる。

「あぁ、実は『サクラトラベラー』はサムライアーに託したんだよ。誰にも聴かれない曲になるのは寂しかったし、サムライアーもカイのために歌い続けるって言ってくれたから」

カイは少し沈黙してから、全てを受け入れたようにいつもの笑顔に戻った。

「そっかぁ。少ししか聴けなかったけど、アイツら大事に歌ってくれてる感じがした。本当は俺たちで歌いたかったけど……俺が死んじゃったから仕方ないよな！」

「……ごめん。勝手なことして」

「ううん。キョウちゃんは俺がいないと、かにたまの音楽できないもんね！」

そう言ったカイの笑顔に少し寂しさが混ざる。

「それはお互い様だろ！」

カイは苦しくても、落ち込んでいても笑みを浮かべる。笑顔で隠してしまうといった方が正しいかもしれない。親しくない人間にはカイの本心はわかりづらい。キョウスケは一緒に長い時間を過ごしてきたからこそ、笑顔の種類でカイの感情がわかるようになったのだった。

「俺、サムライアーのライブ行きたい！」

「え？」

唐突なカイの言葉に驚く。デビューした後のサムライアーのライブには、キョウスケも一度も行ったことはなかった。『サクラトラベラー』を託してからは、連絡さえ一度も取っていない。

「行こうよ！　アイツらがちゃんと俺たちの曲やってるかチェックしないと！」

「……」

「あれ？　あんまり乗り気じゃない？　俺はサムライアーがどう進化してるのか見たい！　悔しいけど、あの色気は俺たちには出せなかったし……。それ以外の要素では全部勝ってたけど！」

「サムライアーの進化かぁ……。カイが行きたいなら行ってみる？」

キョウスケの煮えきらない反応に、カイは疑問を持つ。

サムライアー。彼らはデビュー前、かにたまと路上での人気を二分した唯一のライバルであり、お互いを高め合った存在だ。キョウスケもそう思っているはずで、すぐに乗ってくれると思っていたのだ。

「行く！　キョウちゃんと！　決まり！」

カイはキョウスケのスマホを勝手に手に取り、サムライアーのライブ情報をネットで検索する。

「おお！　今週あるじゃん！　しかも会場が中野サプライズ！　アイツら、やっぱすげー」

カイは嬉しそうに笑顔を見せる。約七千人収容できる会場でのワンマンライブ。バンドマン達が憧れるステージだ。

「いや〜、今となっては大人気バンドだからなぁ。ユイも誘う？　チケット取れるのかな？」

「当日券あるでしょ！　朝イチで並ぼうぜ！」

「……そうだな」

カイとは対照的にあまり乗り気ではないキョウスケ。

その理由がカイにはわからなかった。

◇

四年程前。秋風が吹く中、駅前に二つの人だかりができていた。

人だかりを作っているのは、スリーピースバンドとデュオの二組。

そのうちの一組は、爽やかで軽快なサウンドの楽曲を歌い上げるかにたまの二人だった。キョウスケは高校を卒業し、カイは高校二年になっていた。

もう一組はサムライアーだ。サムライアーは全編英語詞のバンドスタイル。英語の発音はネイティブのように美しく、それぞれの個性を活かしたファッションを身に纏う三人組は若いファンに囲まれていた。

かつて駅前はサムライアー一強と言われていたが、かにたまが勢いをつけ、現在はかにたまとサムライアーと並ぶほどになっている。

かにたまとサムライアーはお互いをライバルと認め、高め合っていた。この二組が路上で音と音をぶつけ合う光景は、この街の日常になりつつある。

「タケシ、テンポが速くなっているぞ」

ギターボーカルのタケシに、客に聞こえない声量で忠告したのは、ドラム担当のマコト。路上のライブでは、カホンという木製の箱の形をした打楽器を叩き、リズムを作り出している。

「悪い、戻す」

走っていたリズムをタケシは瞬時に修正した。

そのテンポのズレに気づいたファンはいない。些細な変化がわかったのは、相当な耳の良さとリズム感、飛び抜けた音楽的センスのおかげだ。

「このくらいなら誰も気づいてないでしょ？　ライブ感を楽しもうよ」

ミノルはボソボソとつぶやきながら、ベースでリズムを自由自在に操る。三人ともが若くしてプロの域に達した音楽を作っていた。三人は一滴の汗もかかず、軽やかな仕草で重厚な演奏を見せ、路上の客を魅了する。

「みんな、楽しんでくれてありがとう。また明日、ここでやるから来てください」

タケシの挨拶に合わせて深々と頭を下げる三人。大きな拍手の後、去っていく数十人のファン。

最後のファンが去るまで、三人は頭を深く下げたままだった。その姿は楽器を持ったサムライのように客の瞳に映る。この礼儀正しさも彼らの人気の理由だ。

「いつまで固まってんだよ～」

お辞儀をした状態の三人のもとへ、カイが笑いながら近づいてきた。

「おお！　カイ！　お前らも終わったのか？」

タケシはカイの声に反応し、頭を上げる。カイは挑発するように続けた。

「うん。今日は俺たちの方がお客さん、多かったんじゃない？」

「何言ってんだよ。俺たちの方がどう見ても多かっただろ！」

「また始まった。兄ちゃん早く止めてよ～」

睨み合う二人を見て、ミノルが兄であるマコトに声をかける。

「まあ、すぐキョウスケが来るだろ」

「それもそうかぁ……」

そんなやり取りをしながら、二人は楽器を片付けていく。その横ではカイとタケシが小競り合いを継続していた。

「ってか、さっき聴こえたけど、一瞬リズム悪かったぞ！」

サムライアーのリズムのズレは、本当に些細なものだった。カイが気づけたのは、カイもまた高度なセンスを持っていることの証明だ。

「あれはいいんだよ。ライブってのはＣＤの音源とは違う、生でやるからこそ生まれる音を楽しむもんだろ！」

「まだＣＤ出してないじゃん！」

「おい！　カイ！　やめろって――」

キョウスケの声が遠くから響いてくる。慌てて駆け足で近づいてくるキョウスケを確認したマコトとミノルは微笑んだ。

「ほらな」

「もうこの展開飽きた～。どうせこの後、仲直りして飯食いにいくんでしょ～」

二人はあきれながらも、その日常に心地良さを感じているようだった。二人を追い越したキョウスケは、カイとタケシの間に割って入る。

「おいカイ、やめろ！」

いつものように、キョウスケがカイの首根っこをつかんで場を収める。

「カイが絡みにいっちゃってごめん」

カイの頭を押さえつけたキョウスケは、そのまま無理やりお辞儀をさせた。その様子を見て、タケシは大笑いする。

「あー、笑った。よし！　飯行くか！」

「おう！　何食べる～？」

数分前まで小競り合いをしていたカイとタケシは、今度は食事の話で盛り上がる。

そこまでがお決まりの流れだった。

「——すみません。サムライアーと、かにたまですよね？」

そんな彼らに、面識のない男性が声をかけてくる。男性は清潔感のあるグレーのスーツに身を包んでおり、背が高かった。黒縁のメガネをかけ、やり手のビジネスマンのような雰囲気が出ている。

「あ、今日はもうライブ終わったんですよ。たまに俺たちのライブ、観てくれていましたよね？」

路上ライブの客の顔をある程度記憶していたタケシは、その男性のこともなんとなく覚えており、そう返す。

「いえ、今日はライブを観にきたわけではありません」

スーツ姿の男性はカバンから名刺入れを取り出した。

「私、ミントレコードというレコード会社の荒木と申します」

その言葉を聞いた全員の心臓の鼓動が速まる。ミントレコードといえば、日本のレコード会社の中でも、三本の指に入るほどのレーベルだ。所属アーティストには世界で活躍するバンドやソロシンガーも多数いる。

荒木はかにたまとサムライアーのメンバー全員に名刺を渡して続けた。

「ここでやっていたライブを何度か拝見しました。サムライアー、かにたま、どちらにも可能性を感じたため、こうしてお声がけしています」

名刺を持つ手が震えるタケシ。その震えは武者震いだ。今にも斬りかかりそうな侍の目つきに変わる。

「サムライアーのタケシです。俺たちは日本だけじゃなく、世界を斬るサムライですよ」

荒木は黒縁のメガネを外してニヤリと笑う。

「いいですね、素晴らしい矜持です」

そのやり取りを見て焦ったカイも対抗する。

「俺たちは！　世界にかにたまを届ける！」

場の空気が凍りつき、ミノルは笑いをこらえるように肩を震わせながら言う。

「かにたまを届けるって、出前かよ」

カイは耳を赤くし、恥ずかしそうに目を泳がせる。そのことに気づいたキョウスケがフォローに入った。

「初めまして、かにたまの弦巻キョウスケです。お声がけ頂きありがとうございます。僕らもメジャーデビュー目指してやっているので、チャンスがあればよろしくお願いします！」

深く頭を下げるキョウスケ。遅れてカイも勢いよく頭を下げた。

「よろしくお願いします！」

荒木は二人をじっと見てから語り出す。

「こちらこそ、よろしくお願いいたします。私はサムライアーとかにたまに途轍もない可能性を感じています。同じ路上でのライバル関係、音楽のジャンルこそ違いますが、互角の演奏技術。もう君たちの物語は始まっている。私は物語の続きがどうなっていくのか見たいと思いました。もし良ければ、うちに来ていただけませんか」

歓喜する五人。カイはキョウスケに飛びついて喜び、サムライアーは三人で拳を合わせる。カイは荒木に礼を告げた。

「ありがとうございます！　俺たちもサムライアーも、それぞれの音楽で一位を取るから安心してください！」

しかし、荒木の返答はカイの予想とは異なるものだった。

「……どちらも一位を取ることは難しいと思います。もちろん全力でバックアップをします。タイアップだって取ってきます。ただプロデュースの観点から、今までの物語を活かすためにも、君たちには同日デビューをしてもらいたい。だがどっちも一位は甘すぎます。同時に発売するデビュー曲で一位を取れなかった方には解散してもらいます。音楽で成功するというのはとても難しいんです。もちろん決めるのはあなたたちです。いかがでしょうか？」

未来に希望を抱く二組の空気を、荒木は一瞬にして壊した。

だが、荒木が口にした内容は間違っていない。極めて現実的で、だからこそ誰も言葉を返すことができず、唇を噛んだり、拳を固く握ったり、奥歯を嚙み締めたりと各々が悔しさを表現する。

それでも、彼らは一人として目の輝きを失っていなかった。荒木は満足そうに頷き、近くにいたカイに質問を投げかける。

「カイ君。あなたは売れるためには何が必要だと思いますか？」

少し考えて、カイは頭の中に浮かんだ答えをぶつけた。

「歌と演奏の技術！」

「違います。日本一上手ければ、ドームツアーができますか？　もちろん歌も演奏も大事です。ただそれだけじゃ売れません。タケシ君は何が必要だと思いますか？」

「楽曲の高い完成度です」

タケシは自分達が大切にしていることを解答にした。しかし、荒木は首を横に振る。

「違います。どんなに楽曲の完成度が高くても、それは売上に直結しません。音楽が好きな人からの評価を得ることはできると思いますが」

そうして、荒木は持論を展開していく。

「私が売れるために必要だと思うものは、最低限の技術、物語、魅力です。技術はもちろん、あればあるだけ良いに決まっていますが、音楽として成立させられれば、それ以上は求めません」

「そんな……」

カイが大きく顔をしかめる。荒木は涼しい表情で続けた。

「これはアイドルがファンに応援されるポイントの一つでもあって、成長する余白を残しておいた方が応援したくなるからです。そして次に物語。海外のオーディション番組では、歌手志望の人間の背景にドラマを作ります。そこに感情移入させるためです。最後に一番大切な魅力。まあ、これは言葉では説明できませんが、料理でいう旨みのようなものだと思ってください。甘い、しょっぱいなどの一般的にわかりやすい味ではなく、旨み。これが売れるために必要なステップ1です。本当はまだまだありますが、ひとまずはこんなところでしょう」

今まで自分達が信じてやってきたことを直球で否定された五人は沈黙した。

キョウスケは力なく視線を下げる。そんな中でカイだけは荒木に食ってかかった。

「荒木さんの言うことは正しいのかもしれない。でも、絶対に売れる方法があったら、みんな売れてるだろ！　絶対に売れる方法なんてない！　荒木さんが今語ったのは売れるための近道の話だ！　遠回りでも、俺たちは俺たちの方法で売れるから！」

無表情で淡々と話していた荒木は、カイの言葉を聞き、突然声を出して笑った。

なぜかカイも声を出して笑い始める。奇妙な光景に他の面々は目を合わせ、首を傾げる。キョウスケは少し引き気味に、カイに声をかけた。

「なんで笑ってるんだよ……」

カイは笑いながら答える。

「荒木さんの笑いのツボがわからなすぎて面白かった！」

「いや、それはそうかも知れないけど、笑う空気じゃなくない？」

「こいつ、怒られてる時に笑うタイプだな……」

あきれた様子のキョウスケの横で、ミノルもボソボソとつぶやく。

荒木は落ち着きを取り戻し、先ほどまでと違った明るい声のトーンで言った。

「カイ君！　大正解です！　売れる方法というのは、無限にあって正解がない。私が言ったことも一例にすぎません。本当に大事なのは、時代に合わせて時代と手を組めるかどうか？　という点だと思っています。さっきは否定するようなことを言って申し訳ありませんでした。そもそも私は、君たちがこの時代に合っていて、スターになれると信じたから声をかけたんです。路上ライブを拝見して、私はかにたまとサムライアーのファンになりました。もしうちに興味があったら、連絡してください。今日はこれで失礼します」

荒木は会釈をして去っていった。その背中が遠くなっていく。五人は誰一人として言葉を発さずに荒木の背中を見つめていた。

「俺はやるぞ。お前らどう思った？」

初めに口を開いたのはタケシだった。サムライアーのメンバーの方に向き直り、二人の顔を交互に見る。長い前髪のすき間から見えるミノルの目つきは鋭かった。

「わざわざ聞くこと？　やるに決まってるじゃん」

「俺もだ」

マコトも口角を上げて答える。

サムライアーの覚悟を目の当たりにしたキョウスケが、カイの方へ顔を向ける。それと同時に、カイは一人で颯爽と走り出した。

「おい！　カイ！」

キョウスケもカイを追いかける形で走り出す。カイは荒木の背中に向かって駆けながら大声を上げた。

「デビューさせてくれ！　俺たちが荒木さんもまだ知らない景色、見せてやる！」

カイの熱が伝わり、キョウスケも周囲を気にせず叫ぶ。

「かにたまをお願いします！」

二人の姿を見たサムライアーの三人も、荒木を追って駆け出した。

タケシは誰よりも大きな声で宣言する。

「俺たちも頼む！　サムライアーは世界で一番売れる！　グラミー賞だって夢じゃない！」

駆け寄ってくる五人の方を振り返った荒木は微笑み、小声でつぶやく。

「青春だな。——最高だ」

そして彼らに負けない大声で返す。

「俺がお前らを世界一のアーティストにしてやる！　ついてこい！」

こうして二組の新人が誕生することとなった。

◇

雲一つない晴天。真っ白な円形の建物を中心に、大勢の人が集まっていた。

サムライアーの缶バッジがたくさんついた痛バッグを肩にかけ、熱気を帯びた女性達。サムライアーと書かれたスポーツタオルで汗を拭いている二十代の集団、自らを扇子であおいでいる年配の人、楽しそうに会場に向かう親子、手を繋いでいるカップル。大半は女性だ。

大人気バンド、サムライアーのライブ会場だ。そこに集まる人間全てから胸の高鳴りを感じる。

キョウスケはチケット窓口に到着すると、スタッフに声をかけた。

「すみません、当日券一枚ください」

「ありがとうございます。ちょうど今、制作開放席が空いたんですよ」

会場のスタッフは笑顔で対応が良く、好感を持てた。キョウスケは会釈をしてチケットを受け取る。

「ありがとうございます」

「あれ？　俺のチケットは⁉」

隣にいたカイが笑顔でキョウスケに話しかけるが、幽霊なので無視をする。

「楽しんできてください」

最後まで笑顔で見送ってくれるスタッフに笑い返し、キョウスケ達は会場の入り口へと向かう。

「あいつら、すげー人気だね！　まあ、俺が生きてたら、かにたまは今頃ドームツアーしてただろうけど！」

「そうかもね。あ、入り口ここだ」

周りの目を気にして、キョウスケはカイの言葉に小声で答える。

キョウスケが指さした先には、カラフルなデザインの大きな看板があった。そこには『サムライアー　LIVE Tour ♪FUNtasy♪』と書かれている。

カイは疑問を持ったように首を傾げた。

「ふぁんたじぃ？　サムライアーってこんな感じだったっけ？」

「……」

キョウスケは何も答えず、エアコンの効いた会場の中に入っていく。

会場内はライブTシャツを着てペンライトを持つ人々であふれており、行きたい方向に進むことも困難なほど混雑していた。人の流れに逆らわないように慎重に進み、なんとかチケットに書かれた席へと辿り着く。

二階席の後方でステージの全体が見渡せた。ステージは白いカーテンのような布で覆われている。

「きっとオープニングで、あの布が落ちるって演出だな！」

「……いるよなー。ああいう玄人感出すやつ」

演出の予想をするカイに、キョウスケはボソボソと重ねた。

会場の照明が落ち、ペンライトの明かりだけになる。客席から歓声が上がった。ライブが始まる期待感で会場内のテンションが一気に高くなる。

「おお！　ついに始まるよ！」

「……」

カイもテンションが上がって浮かれた様子だった。キョウスケはその隣で沈黙している。

カイの予想通り、ステージにかけられた白い布が落とされ、サムライアーの演奏が始まった。照明は赤や黄色の暖色系で、ステージを華やかに彩る。

「騒げ――――！」

タケシの煽るような叫びで観客のボルテージは最高になった。地響きのように空間が揺れる。

一曲目はかにたまが託した『サクラトラベラー』だ。かにたまとは違うバンドアレンジに変更され、サムライアーのサウンドになっている。タケシは客席に笑みを送り、ファンサービスを欠かさない。カイは嬉しそうにキョウスケに声をかけた。

「カッケーじゃん！　サムライアーがやると、こんな感じになるんだな！」

「この曲はいいんだけどね……」

キョウスケはサムライアーのパフォーマンスを眺めながら答えた。

会場はサムライアーの演奏と観客の熱量で盛り上がっていく。タケシのボーカルとギター、マコトのドラム、ミノルのベース。どれもカイが生きていた頃よりも進化していた。

安定の盛り上がりで一曲目を終え、タケシがトークを始める。

「みんな、今日は来てくれてありがとう。外暑かった？」

観客が歓声でタケシの言葉に反応した。

「だよな。でも、今からこの会場が一番熱くなるぜ。みんなで世界一熱い空間にしよう！」

タケシの言葉をマコトがドラムで盛り上げる。

「よし！　次の曲いこうか」

マコトがハイハットを叩いてカウントを始め、二曲目の演奏が始まった。

ポップでノリが良い曲、会場中がペンライトを振り盛り上がる。カイの知るサムライアーの洋楽的な曲調ではなく、明るくハッピーでアップテンポな印象の音が会場を埋め尽くす。

これが現在のサムライアーだった。

カイは曲が始まってすぐに反応する。

「コイツらふざけてんの？　このコード進行って俺たちがよく使ってたやつじゃん」

「……」

キョウスケはうつむき、黙ったままだ。

カイはキョウスケを問い詰める。

「あり得ないだろ！　まるで俺たちの劣化コピーだぞ！　キョウちゃん、知ってたんでしょ？　なんで言わなかったの？」

キョウスケは気まずい表情で返答する。

「かにたまの曲を受け取ってくれたことは感謝してるし……。俺も思うところはあるけど、音楽辞めてる身でそれを言う権利はないかなと思って」

カイはあからさまに苛ついた様子だ。

「いや、俺は許せないね！　あいつらのやってた音楽、めっちゃカッコ良かったじゃん。やりたい音楽をごまかして、自分に嘘ついて活動したって意味ないでしょ。あいつらの世界に行くって夢はもういいのかよ！」

「……」

二人の気持ちを置いてライブは進行していく。

本編は既に終わり、アンコールの1曲を残すのみになった。客席からの歓声に応えて、一度退場したサムライアーのメンバーがステージ上に戻ってくる。マコトとミノルは無表情でセッティングを進めていく。タケシだけが満面の笑みをファン達に振りまいていた。

「アンコールありがとう！　今日もみんなが来てくれて幸せです。次が最後の曲だから、嗄れるまで声出してくれよな！」

　タケシのトークの裏でマコトとミノルが目を合わせる。普段の二人の様子とは違い、少し手が震えていた。ミノルはマコトに近づき小声で話す。

「兄ちゃん、頼んだよ」

「……」

　後ろの二人のやり取りに気づいていないタケシはトークを続け、アンコールの曲を開始する合図を出す。

「アンコール盛り上がろうぜ！　マコト頼む！」

　なんの曲が始まるのかと胸を高鳴らせているファン達は、静かに曲を待つ。

　ミノルは下を向いてベースを弾く準備をし、マコトはスティックを鳴らしてカウントを始める。

「1、2、3、4」

　そのテンポはゆったりとしていて、ライブ本編でやっていたものとはずいぶん違った。ミノルはそのテンポに合わせてベースの低音を響かせる。

　かにたまの二人は客席で目を合わせた。

「キョウちゃん！　このベース、路上でやっていた時のアレじゃない？」

　キョウスケは驚いていた。その曲はデビューが決まる前、サムライアーがかにたまと張り合っていた時の鉄板曲『PERFECT』だった。

「本当だ……」

　ずっと不機嫌だったカイは笑顔を取り戻す。

「これだよ！　落ち着いたメロディとタケシの激しいボーカルの組み合わせが、あいつらの格好良さだよな！」

　しかしステージ上では、カイとは反対に怒りを露わにしたタケシがミノルに詰め寄っていた。

「お前、これどういうことだよ！　この曲は予定にないだろ？」

　ミノルはタケシを無視して演奏を続ける。

「おい、曲止めろ！　ファンはこんな曲求めてねーんだよ！」

　ミノルはタケシを鋭くにらんで、演奏を止めた。

「こんな曲って何？　俺はこの曲が好きだ。やりたい曲、演奏しちゃいけないの？」

　タケシとミノルは互いに凄んだ表情で向かい合う。マコトも演奏を止め、駆け寄ろうとドラムセットから立ち上がる。

　タケシは拳を握って振り上げた。

「タケシ！　やめろ！」

マコトが声を上げる。しかしタケシは止まらず、ミノルの左頬を拳で殴りつけた。ミノルがステージの床に倒れ、その光景に客席がどよめく。

「これどういうこと？」「演出？」「ヤバいだろ」「タケシ殴ったよね？」

様々な声が客席から聞こえる。タケシはその状況に気づき、苦笑いをしながらファンへのフォローをする。

「みんな、すまない！　ちょっと予定と違うことが起きて、熱くなっちまった。じゃあ、気を取り直して最後の曲を……」

ミノルを立ち上がらせたマコトはタケシに近づき、冷静に言った。

「今日はもう無理だ。俺たちは演奏できない。アンコールは中止だ」

タケシはマコトの真剣な目を見て、マイクを強く握り締めた。そしてファンと向き合い、深く頭を下げる。

「ごめん。今、みんなを満足させられるパフォーマンスをできそうにありません。今日のアンコールは中止にさせてもらいます」

マコトとミノルも頭を下げた。ざわついていた客席はメンバーの謝罪によって静まり、無音の時間が続く。

客席にいたキョウスケとカイは目を合わせた。

「キョウちゃん！　行こう！」

「うん！」

二人は客席を後にして、会場裏にある楽屋口の前に急ぐ。

ステージのサムライアーは深く下げた頭をゆっくりと上げ、ステージを去っていく。

ファンはサムライアーを心配し、中には涙する人もいた。

キョウスケとカイは楽屋口の前で息を切らし、汗だくになっていた。頬を伝う汗を、カイはTシャツの袖で適当に拭う。キョウスケは額を丁寧にハンカチで拭いていた。

出待ちのファンはおらず、まだ会場の混乱の中にいるようだった。

「きっとここから来るよな？」

「うん。勢いで来ちゃったけど、何を話す？」

キョウスケの冷静な問いにカイは固まる。

「考えてなかった……」

「サムライアーはカイのこと見えないだろうし……。俺、何を話せばいいんだよ」

「と、とりあえず……元気か？　とか？」

「さっきの喧嘩（けんか）見た後にそんなこと言えるかよ！」

二人が慌てて作戦を考えていると、楽屋口の扉が開く。

黒いブーツに黒のスキニーデニムが見え、出てくるのがタケシだと確信したキョウスケとカイに緊張が走る。

「タ、タケシ！」

キョウスケはとっさに声をかける。

タケシはキョウスケの姿を見て、驚いた顔をした。

「お、お前……」

キョウスケを認識したタケシは気まずそうに下を向く。そして逃げるように走り出した。

「ちょっと！　タケシ！」

キョウスケは呼び止めるために大声を出す。だが、タケシは一度も立ち止まることなく、足早に送迎の車に乗り込んでいった。

「あいつ、大丈夫か……？」

カイはタケシを心配するようにつぶやく。その直後に楽屋口の扉が再び開き、マコトとミノルが現れた。

「あれ？　キョウスケ？」

ミノルはすぐにキョウスケの存在に気づいて声をかけてきた。

「あ、二人とも……久しぶり」

数年会っていなかったため、昔のようにはいかず、少し距離を感じる。微妙な空気を打ち破るように、マコトはキョウスケに向かって勢いよく頭を下げた。

「ごめん！　本当にごめん」

いきなりの謝罪に戸惑うキョウスケ。カイは黙ったまま、その様子を見ている。

「……頭上げてよ。別に謝られるようなこと、されてないから」

マコトはゆっくりと頭を上げるが、キョウスケからは目を逸らしている。ミノルがマコトの後を継いで謝罪を続けた。

「俺たち、かにたまの偽物みたいになっちまったよな。殴ってくれても構わない。でも、こうするしかなかったんだ。ごめん」

「うん、知ってるよ。俺はもう音楽を辞めたし、あれこれ言う資格はない。怒ってもいないよ。それよりも、俺たちの曲演（や）ってくれて感謝してる。今日はただ話したいなと思って……」

マコトはようやくキョウスケと視線を合わせ、申し訳なさそうに言った。

「ありがとう」

ミノルはキョウスケの背後をチラチラと気にして、気まずそうに言葉を出した。

「とりあえず、場所変えない？」

キョウスケが振り返ると、いつの間にか、出待ちをしているサムライアーのファン数十人が立っていた。ファンの視線がキョウスケに突き刺さる。

「ごめん！　ぜんぜん気がつかなかった！」

キョウスケはしどろもどろに答え、四人は逃げるようにその場を後にした。

◇

キョウスケ達は焼き肉屋に場所を移し、半個室の小上がりで向き合って座っていた。

入り口から見えるテーブル席は約十席で満席状態。店内は綺麗に掃除されているが、黄ばんだ壁や天井からは創業五十年の歴史を感じさせる。

テーブル席の先にキョウスケ達のいる半個室がある。

「焼き肉なんて久しぶりかも」

座布団に腰かけたキョウスケが無邪気にそう言うと、マコトが微笑んだ。

「俺たちがライブ終わりに必ず来る店なんだ。今日も三人で予約してたから、ちょうど良かった」

「――まあ、俺もいるから四人だけどね！」

キョウスケの隣で胡坐をかいたカイが明るくそう言った。カイに話しかけるわけにもいかず、キョウスケは無視してマコトとミノルの方を向く。

「キョウスケは酒飲める？」

マコトがメニュー表を見ながら訊ねてくる。

「あ、少しなら」

「了解。食べ物はいつも頼んでる感じでいいか？」

「うん。任せる」

慣れた様子で店員を呼び、マコトは注文を始める。

「生二つと～、ミノルは？」

「リンゴジュース。あとは兄ちゃんに任せる」

ミノルはそれだけ告げた。あとの注文はマコトの役目のようだ。

「おう。キムチの盛り合わせと上タン塩二人前と、ハラミ二人前と、上レバー二人前でお願いします」

注文を受け、厨房へ向かう店員を見送り、キョウスケは二人に問いかける。

「タケシ、大丈夫なの？」

マコトは苦笑いを浮かべた。

「まぁ、今回のことは俺たちが悪いんだ。予定してなかった曲をタケシに言わず始めようとしたから」

ミノルは納得していない様子で口を開く。

「今の音楽、ぜんぜん楽しくないんだよ」

「え？　でもライブ、楽しそうだったじゃん」

キョウスケが観客としてライブを見た限りでは、アンコールまでは三人とも楽しそうに演奏していたと思う。ミノルはテーブルの中心にある、火に当てられた鉄の網を見つめながらつぶやくように答える。

「……ライブの演奏はね。でも、今のサムライアーの曲は嫌なんだ」

キョウスケは心配の眼差しを向ける。

「どうして？」

「はーい。生ビール二つとリンゴジュース！　あとキムチと牛タンね」

店員が笑顔で注文の品を運んでくる。その様子を見たカイは思わず立ち上がり、大声でツッコむ。

「タイミング悪っ！」

キョウスケはカイを一瞥し、会話に戻る。マコトがジョッキを片手に持ち、キョウスケの方に突き出した。

「再会を記念して！　乾杯」

「乾杯」

キョウスケはマコトの持つジョッキに自分のジョッキを軽く当てる。そこへミノルはリンゴジュース、カイは拳を合わせる。

それぞれが一口飲み、マコトが息を一気に吐いてから話し出す。

「こんな日が来るなんてなぁ。音楽を辞めたって噂で聞いた時は、こうやって話す機会はもうないだろうと思ったよ。今日は来てくれてありがとな、キョウスケ」

マコトは昔から「ありがとう」や「ごめんなさい」を欠かさない。だから人に愛される。

「うん。それでミノルの言う、今のサムライアーの曲が嫌っていうのは？」

ミノルはリンゴジュースをテーブルに置き、語り出した。

「ライブ観てたならわかるでしょ？　あれは俺たちの音楽じゃない。俺がやりたいのは、もっと海外を意識した楽曲なんだよ。デビューする前にやってたような、全編英語詞で曲調も海外の流行を意識したやつ」

キョウスケは自分達の曲を託してしまったことに罪悪感を覚えた。その表情を見たマコトがフォローに入る。

「俺たちはかにたまの曲を演れて嬉しいよ。友達として光栄なことだ。でも、そこからタケシが変わっていった」

「え？」

キョウスケはマコトの目を見る。マコトは少し寂しそうな表情を浮かべながら続けた。

「恥ずかしながら、俺たちがリリースした曲で一番売れたのは、かにたまから託された『サクラトラベラー』のカバーだったんだ。自分たちの楽曲よりもカバー……。まぁ、当然といえば当然というか、かにたまは日本の音楽——つまりＪ‐ＰＯＰを意識してただろ？」

キョウスケは頷く。

「サムライアーとは全く違ったよね」

「俺たちはショックだった。もっと俺たちの音楽が日本でも受け入れてもらえると思ってたから。そこから俺たちの音楽性が変わっていったんだ。万人に受ける楽曲をやるべきだってタケシが言い出して……お前らがやっていたような、聴いた人の耳に一発で残る曲を作り始めた。確かにその方が圧倒的に売れたんだ。それでサムライアーはこの路線でいくって話になって、今の俺たちがいる」

ミノルは不満そうに言葉を付け加えた。

「売れたことは嬉しかったよ。でも自分の音楽をやらないといつか潰れる。タケシ君にとっての成功と俺の目指している成功は違う。もちろんここまで売れたのはタケシ君のおかげだから、感謝してるのは間違いないんだけど。今はかにたまのコピーをしてる気分だよ」

キョウスケはビールに口をつけ考え込む。すると突然、隣のカイが勢いよく立ち上がった。

「俺！　あいつ殴ってくる！」

「あ！　おい！」

いきなり走って店を出ていくカイを止めようと、キョウスケが叫ぶ。

「キョウスケ？」

マコトとミノルは、急に大きな声を出したキョウスケに驚いた様子だった。

「ごめん、なんでもない……」

キョウスケはごまかすようにジョッキをあおり、強引に話を続けた。

「それで、音楽性の違いに悩んでるんだよね？」

ミノルはキョウスケの態度にしばらく首を傾げていたが、少ししてからため息をつく。

「はぁ、そんな簡単な話じゃないよ。タケシはかにたまに囚われてる。だから目を覚ましてあげようと思ったわけ」

「囚われてるだなんて……」

苦笑いで返すキョウスケ。しかし、マコトも真剣な表情で言う。

「それだけお前らはすごかったんだよ。タケシはもうずっと、いなくなったお前らの影を追ってる。デビューする前の曲を演ったら、タケシも昔を思い出して冷静になってくれるかなって思って、今日のアンコールで演ってみたんだけど上手くいかなかった。俺はタケシが間違っているとは思ってない。ただ、正解でもないかな」

キョウスケは二人の話を聞き黙り込んだ。自分達のせいで、かつての仲間が苦しんでいる。その現実は重かった。

「とりあえず、焼き肉食べよ」

ミノルがテーブルに置いてあるトングを手に取り、肉を焼き始める。キョウスケはしばらく何もせず、その様子を眺めていた。

都内有数のタワーマンションの最上階。

東京のきらびやかな夜景が窓の外に広がり、床は白を基調としたマーブル模様の大理石になっている。

広い部屋の中央には高級感のある大きなダイニングテーブルとソファが置かれ、その周囲に作曲用のアップライトのピアノ、約十本のエレキギター、そして一本のアコースティックギターが並べられていた。

壁にかけられたスクリーンにはサムライアーのライブ映像が映し出されている。周辺の床にはぐしゃぐしゃに丸められた譜面が数十枚、散らばっていた。

部屋の電気は消えていて暗い。プロジェクターからスクリーンに投影される映像だけがはっきりと浮かび上がっている。

バスルームには夜景が一望できる大きなガラス窓がついていて、眼下の賑わいから離れたこの部屋には、シャワーの音だけが響く。

「なんでわかんねーんだよ……」

タケシは頭からシャワーを浴びてつぶやいた。全開の水圧でも、タケシの憂鬱は流れていかない。

「くそっ」

タケシは乱暴にシャワーを止め、バスルームを後にする。白いバスタオルで髪についた水分を雑に取り、黒いバスローブを身に纏った。

「はぁ……」

ため息をつき、大きなアイランドキッチンに向かう。調理道具は何もなく、シンクとコンロは新品同然だ。

キッチンに置かれているのは、ウイスキーやワインなどのアルコール類。それと飲み干したビールの空き缶だけだった。

タケシは缶ビールとエナジードリンクしか入っていない冷蔵庫を開けて、ビールを手に取る。

「……」

何も言わずに缶ビールを開け、一気に飲み干した。そうしてまた新しいビールを取り出すと、綺麗に並べられたギターの方へ向かい、デビュー前にタケシが愛用していたフェンダーのテレキャスターを抱き上げた。

「……俺だってやりたかったよ」

タケシはライブのアンコールで、マコトとミノルが突然演奏し始めた曲『PERFECT』を弾き始める。約三十畳の部屋に、タケシの鼻歌とアンプに繋がれていないエレキギターの音が響いた。

「タケシ！　ここか――!?　お前の家どこかわからないから、東京のマンション片っ端から入ったんだぞっ！」

カイが大声を上げながら部屋に入ってくる。その声はタケシに届かない。タケシは一人、酒を飲みながら鼻歌を歌い続ける。

「やっと見つけた……」

息を切らしながらタケシを睨みつけるカイ。

「お前！　サムライアーを潰……え？」

カイはタケシが弾いている曲を一瞬で理解した。言葉が出ない。部屋を見渡し、床に落ちている譜面に気がつく。

「……これは？」

カイは丸められた譜面にゆっくりと手を伸ばし、内容に目を通す。

「なんだ、変わってねーじゃん……」

カイは視線を譜面からタケシへと移す。

タケシは涙をこらえているように見えた。

頂点に達した太陽がキョウスケとカイを照らす。キョウスケの手にはコンビニ袋が下げられており、菓子パンやヨーグルトなど二人分の朝食が入っている。

サムライアーのライブの翌日。コンビニに朝食を買いにいった帰り道だった。

「帰ってもう一回寝ようかなぁ」

キョウスケは欠伸をしながらスマホで時間を確認する。画面には十二時と表示されていた。

「キョウちゃん、寝すぎじゃない？　ってか、昼に朝ご飯食べんの？」

「起きた時間が朝なんだよ。それに、昨日遅くまでマコトたちと飲んでたから、寝るの遅くなっちゃって……」

「俺は寝なくてもぜんぜん平気だわ！　死んでるからね！」

「その幽霊ギャグやめろって」

マンションの自室に入るため、キョウスケが鍵を探してポケットに手を突っ込んだ瞬間、前方から声をかけられた。

「何一人でしゃべってんだ？」

キョウスケが顔を上げると、そこには細身の白いTシャツにスキニーパンツをはいたタケシが座っていた。

「え？　タケシ？」

気まずそうにタケシは頭をかく。

「その、昨日は悪かった」

カイがタケシからすっと目を逸らす。そのことに気づきつつ、キョウスケは自宅のドアを開けた。

「こんなところにいたら目立つし、とりあえずうち入ってよ」

「あぁ、悪いな」

キョウスケは先に部屋に上がり、タケシを招き入れる。カイはその後ろからついてきた。

「昔、何回か来たことがあったよな」

タケシが懐かしそうに言った。路上ライブ後に何度かキョウスケの家でパーティーをしたことがあった。

キョウスケは部屋へと案内し、タケシをソファに座らせた。部屋の中を見渡したタケシはカイのギターが置いてあることに気づき、キョウスケに問いかける。

「これ、カイのギター？」

キョウスケは少し焦りながら返答した。

「そうだよ。ジンさんに借りてるんだ」

タケシはカイのギターをマジマジと観察する。

「けっこう弾いてるだろ？」

カイが弾いていると言うわけにもいかず、キョウスケはなんとかごまかそうとする。

「……まあ、それなりに。どうして？」

「なんとなく、そんな気がした」

ギタリストには、使われているギターとそうでないギターがわかるのだろうか。キヨウスケは早めに話題を変える。

「それで、突然どうしたの？」

「ごめん」

タケシは両手を両膝に置き、頭を下げた。

突然の謝罪。何に対しての謝罪なのかは、なんとなくわかった。かにたまに似せた楽曲をやり続けていたことへの謝罪だ。

「マコトたちにも言ったんだけど、俺は音楽辞めた人間だから気にしなくて大丈夫だよ。……でも、タケシはそれでいいの？」

タケシは下唇を嚙んで、少し悔しそうに答える。

「ああ。今の俺たちに求められているのは、キョウスケとカイの音楽のコピーだ。ファンが求めていることをやるのが……正しいと思う」

今まで何も言わずに黙っていたカイが口を開く。

「嘘つき」

「え？」

キョウスケは思わず反応してしまった。その様子にタケシが疑問を持つ。

「キョウスケ？」

「いや、なんでもない！」

苦笑いをしながら、取り繕うようにキョウスケは話し出す。

「昨日、マコトたちと話したんだけど、二人は今の音楽よりも、ずっとやってきた世界を意識した洋楽的な曲を突き詰めたいんじゃない？　タケシとは少し違う感じがするんだけど……」

その言葉を聞いて、タケシは何かを我慢するように右手で頭をかきむしる。

「タケシ、大丈夫？」

「……俺は売れるという夢を持って、この世界でやってきた。売れるためなら、かにたまに曲調を寄せることだってやった。——だけど、もう作れないんだ」

「え？」

タケシの言葉の意味を理解できなかった。

「……」

黙ったまま、タケシが頭を下げる。

「かにたまのようなJ‐POPの曲はもう作れない……。でも、曲を出さなければいけない。だから——、曲作りを手伝ってほしい」

タケシはプライドを全て捨てて頭を下げていた。どれだけ追いこまれているのか、嫌でも理解する。

　動揺するキョウスケに対し、タケシは畳みかけるように続けた。

「頼む！　もう何も出てこないんだ。売れるために音楽の方向性も変えた。ライブパフォーマンスも聴かせるライブから、かにたまがやっていたような、みんなで盛り上がるスタイルに変えた！　そんなサムライアーをファンは待ってる！　ファンの期待に応えたいんだ！　頼む、わかってくれ！」

　キョウスケは同情の表情を浮かべ、目を伏せて答える。

「俺たちが歌えなかったデビュー曲、歌い続けてくれてありがとう。……俺たちが背負わせてしまったんだよね。……協力するよ」

　その言葉が全く本心でないと見抜いたカイが、キョウスケの耳元で囁く。

「キョウちゃんも嘘つきだ。ちゃんとタケシと向き合えよ」

　そう言われたキョウスケは、タケシに同情し、ただ流されている自分に気づく。

　こんなふうに取り繕っても意味がない。

　本音でぶつからなきゃ、サムライアーは腐っていくばかりだ。

「ありがとう。カイ」

　キョウスケは小さくつぶやいてから、タケシの目をしっかりと見て宣言した。

「タケシ！　やっぱり一つ条件がある！」

「条件？」

タケシは、何を言われるのか全く見当もつかないといった様子で聞き返す。

キョウスケは短く息を吸って、カイと一度目を合わせてから告げた。

「――一緒に演奏してほしい」

タケシは困惑した表情を見せる。

「それは構わないけど、今からか？」

「いや、今夜！　サムライアーの三人と俺たちで集まって！」

「俺たちって？」

「あ、いや、俺と！」

「そうか。……わかった」

そんなことをして何になるのか、タケシには理解できない。しかし、今のサムライアーのために了承する。

その答えを聞いて、キョウスケは笑顔になった。

「マコトたちには俺が伝えておくね！」

「じゃあまた今夜。準備しておく」

そうしてタケシはキョウスケの部屋から出ていく。タケシの背中は最後まで不安そうだった。

タケシを見送った後、キョウスケはカイに改めて礼を言う。

「カイ、ありがとう」

「キョウちゃんが目を覚ましてくれてよかったよ。……キョウちゃんに言えなかったんだけどさ。昨日の夜、タケシを殴ろうと思って家まで行ったんだけど、結局、あいつのこと殴れなかったんだ」

「どうして?」

「あいつはまだ、サムライの魂をなくしてないから。部屋の中にたくさんの譜面が捨てられてたんだよね。その譜面を見たらさ、すげーイケてる曲だったんだよ。本当はあいつも昔みたいな曲をやりたいんだと思う。何かあいつを助けられる方法ないかな? ってずっと考えてたんだけど、思いつかなくて。キョウちゃんが一緒に演奏してほしいってタケシに提案した時に、わかってんじゃんって思った。キョウちゃん、さすがだね!」

ニッと笑顔を見せるカイ。キョウスケは少し恥ずかしそうにうつむく。

「カイもわかってただろ？」

「キョウちゃん変わったね！　カッケーよ！」

カイはキョウスケの肩に手を置く。その瞬間、キョウスケの脳裏にあることがひらめいた。

「ねえ、カイが見たイケてる曲って、どんなのか覚えてる？」

「もちろん！　ちょっと譜面に起こしてみる！　キョウちゃんはマコトたちに連絡しておいて」

テーブルに譜面を出し、カイは曲を思い出し始める。

キョウスケはスマホでマコトに電話をかけ、事情を話した。マコトもミノルも用事はないらしい。無事に演奏の約束をとりつけることができた。

そうして、夜がやってくる。

訪れたスタジオは、手入れが行き届いて清潔感があった。

綺麗な木目の床に防音の壁。白を基調としたドラムセットにピアノ、大きめのアンプが五台。約二十畳の部屋の中心にはマイクスタンドが置いてあり、一本の黒いコード付きマイクがセットされている。キョウスケ、カイ、マコト、ミノルはすでに到着し、それぞれ楽器のスタンバイをしていた。

「あとはタケシが来れば全員揃うな」

マコトがスタジオ内を見渡しながら言った。キョウスケは、カイが書き起こした譜面をマコトとミノルに渡す。そこにはタケシが作った曲が記されていた。

「この曲をやりたいんだ。事前に二人に確認してもらいたくて、タケシには集合時間を三十分遅く伝えてある」

マコトとミノルはその譜面に目を通す。

すぐに疑問を持ったミノルがキョウスケに問いかけた。

「この曲って？　昔の俺たちみたいなんだけど……」

「あー、そんな感じかもね」

キョウスケの視線が泳ぐ。ミノルがさらに追及しようとした時、スタジオの扉が開いた。

「……」

ギターを背負ったタケシが、約束した時間より早く無言で入ってくる。昨日のライブの一件をまだ引きずったままで、気まずい空気がスタジオに流れた。

ミノルはうつむき、タケシを直視できないでいる。手持ち無沙汰なのか、ベースの弦にしきりに触れ、落ち着かない様子だ。

マコトがタケシの前に立ち、謝罪する。

「昨日はごめん。ほら、ミノルも謝れ」

マコトがバンドの精神的支柱になっていることがよくわかる。マコトがいなければ、サムライアーはもうなくなっていたかもしれない。

「……勝手なことしてごめんなさい」

ミノルはうつむいたまま、小さな声でそう言った。

「タケシもだからな」

マコトに促され、タケシも頭をかきながら謝る。

「俺も手を出して悪かった。……でもな、サムライアーはこの路線で音楽を続ける。それは変わらない」

その発言にミノルはカッとなり、タケシに勢いよく詰め寄った。

「もう嫌だ！　俺はサムライアーの音楽をやりたい！　タケシ君のやりたい音楽ってかにたまのパクリなの？　そんなのぜんぜんカッコよくない！　俺は日本だけじゃな

い！　世界中にサムライアーの音楽を広めたいんだ！」

タケシは大きく舌打ちをした。スタジオ内の空気が緊張する。

大声を出してタケシが言い返す。

「ふざけるなよ。俺がどんな思いでやってるか、何もわかってねーくせに！　今、俺たちは売れてきてるんだよ！　ファンが求める音楽をやって、ファンが求めるパフォーマンスをして、今の俺たちがあるんじゃねーのかよ！　なあ、俺たちの一番売れた曲ってなんだ？　かにたまのカバーだよ！　俺たちが信じてやってきた曲じゃ、ぜんぜん勝てねーんだよ！」

「それがサムライアーかよ！　だったら売れる音楽をやるべきだろ！」

「売れるためだったらプライド捨てるのかよ？　ダサすぎるよ！」

ミノルは悔し涙を浮かべて叫ぶ。二人の言い合いは激化していき、誰も止められなくなる。

「当たり前だろ！　プライドなんて持ってたって売れない！　俺たちの夢ってなんだ？　お前も言ってただろ？　世界で通用する音楽をやりたいって！　日本で一番になれない奴が、世界で通用するのか？」

「プライドを捨てた男は世界で通用するのか？　俺はそんな奴とは音楽を続けられな

い！」

鋭い言葉にタケシは顔を歪めた。

「……逃げるのか？　理想と現実は違う！　現実を受け入れろよ！」

「理想と現実が違うことくらいわかってるよ！　それでも俺は理想を求めたいんだよ！　あー！　もういい！　辞めてやる！　こんな嘘だらけのバンドにいたって俺の夢は叶わないから！」

タケシとミノルの言い争いを見ていたキョウスケは奥歯を嚙み、足もとを見る。そして、ぽつりと言葉を漏らした。

「ふざけんな……」

その場にいる全員が注目する。

「え？」

キョウスケは我慢できずに大声で怒鳴った。

「生きてるんだからそれでいいだろ！　俺だってデビューしたかったよ！　喧嘩して音楽作って大きいステージに立って、カイと夢見たかったよ！　でも叶わなかったんだよ！　お前らはみんな生きてる！　歌も歌えるし、ドラムも叩ける、ベースも弾ける、なんだってできる！　俺たちのパクリでも自分たちの音楽でも、サムライアーがいて、サムライアーが笑っていればそれでいいだろ！　ファンが求めること？　ファンを馬鹿にすんなよ！　ファンが見たいものって、サムライアーが夢に向かって必死にやってる姿だろ？　売れる曲を狙って作ったって、そこに全力のパフォーマンスと全力の努力がなかったら誰も応援しない！」

ここまで声を張り上げるキョウスケを誰も見たことがなかった。スタジオが静まり返る。キョウスケも自身がひどく熱くなっていることに驚いた。

「……」

静寂の中、キョウスケは再び口を開く。

「……カイはここにいる」

幽霊の身体では何もできず、ただうつむいていたカイがキョウスケを見た。

「キョウちゃん？」

「いいんだ。サムライアーにはちゃんと言う……」

タケシは、何も見えない空間に向かって話すキョウスケを心配する。

「キョウスケ、大丈夫か？」

「俺も自分自身が心配だよ。でも、今この場にカイはいる。確かにいるんだ。俺がサムライアーと一緒に演奏しようって誘えたのはカイのおかげだ」

サムライアーの三人の顔は引きつっていた。信じていないのだろう。しかし、キョウスケにはカイの存在を証明する秘策があった。

「この譜面だけど——」

キョウスケはカイが書いた譜面を、まだ渡していないタケシに突きつける。

「これはタケシが作った曲でしょ？」

タケシは譜面を手に取り言葉を失った。そこに書かれていたのは、自分が捨てたはずの曲だったからだ。

「これ、どうしたんだよ……」

「昨日、カイがタケシの家に行った。そこで見た譜面を書き起こしてくれたんだ。本当はタケシも、ミノルと同じ気持ちなんじゃないの？」

脱力したようにしゃがみ込んで顔を伏せるタケシに、ミノルが声をかける。

「タケシ君が書いた曲なの？」

タケシは声を震わせながら語り出す。

「……そうだよ。俺だってわかってるんだ。俺たちがやりたいことと求められてることが乖離(かいり)してるって。今、サムライアーが求められているのは、本来かにたまの二人に求められるはずだったものだ。気づいた時には手遅れで、世間のサムライアーのイメージは、かにたまみたいになってたんだよ。でも、カイはもう死んでる。だから友達が叶えられなかった夢を背負うことを選んだ。そのせいで、俺は自分を見失ったんだ。キョウスケだってそうだろ？　夢を失って無気力になって。キョウスケだって……被害者だ。俺も、マコトもミノルも、キョウスケもみんな、かにたまに囚われてるんだ。自分の気持ちに嘘ついてやっていくしかないんだよ。それができないなら、もう解散以外に道はない」

カイはその場に立ち尽くしていた。キョウスケの目には、涙をこらえているように映った。誰一人言葉を発さず、沈黙の時間が続く。

「……」

沈黙を破ったのはカイだった。辛いはずなのに、いつものニッとした笑顔を見せてギターを弾き始める。タケシが書いた曲のイントロだ。

その音は未来を感じさせる美しい音色だった。

「この音……」

タケシの鼓膜を揺らした音は、紛れもなくカイのものだった。何度も何度も聴いていた音だから、間違えるはずがない。

「本当に、カイがいるのか？」

タケシは呆然としてキョウスケに問いかける。キョウスケは小さく笑って頷いた。

「いるよ」

目の前の状況に困惑するサムライアーの三人。それもそのはずだ。カイがいるなんて、普通に考えればあり得ないのだから。しかし、三人の耳に届いているのは間違いなくカイの演奏だ。

「……」

タケシは自分の発言を思い返し、悔い、涙を流す。頬を伝って、床に何粒もの雫が落ちる。

「カイ、ごめん！　さっきはお前を責めるようなことを言った！　本当にすまない！　許してくれ！」

「いいから、早く楽器持てよ」

カイは優しい声色でそう言い、ギターを弾き続ける。

——そのカイの声は全員に届いた。

サムライアーはそれぞれ目を合わせ、ミノルが驚いたようにつぶやく。

「……嘘だろ？」

マコトは静かにドラムセットの方へと歩いて、椅子に座った。マコトに続き、ミノルもカイに促されるようにベースを抱える。

ミノルはポケットからハンカチを出して、タケシに渡した。

「タケシ君……歌ってよ」

タケシは頷き、マイクを握り締める。

キョウスケもピアノに向かい、全員のセッションが始まった。

カイの奏でるギターにマコトのドラムがピッタリと合う。そしてキョウスケのピアノ、ミノルのベース、タケシの歌声が合わさり、スタジオは彼らの音で満たされる。

全員がタケシの譜面をなぞって演奏を続け、そこには大人の青春が生まれた。

サムライアーは曲の中でそれぞれがアレンジをしたり、テンポをわざと落としたりして音を楽しむ。

「ここ、テンポ下げてみてもいいか？」

マコトの提案にタケシとミノルが頷く。カイは明るい表情でこのセッションを楽しんでいる。キョウスケはサムライアーの技術についていくのに必死で、じっと譜面を注視していた。

全員が音楽を楽しんでいる。

その時、タケシの瞳にカイの姿が映った。

「カイ?」

カイはタケシにニッと笑いかけ、言葉を発する。

「やっぱサムライアーには勝てねーわ！　お前らの音、俺は好きだよ」

タケシは言葉にできない感情をあふれさせ、涙を流しながら歌い上げる。

カイの姿はマコトとミノルにも見えていた。音楽が見せた幻覚なのか、実際に見えているのかはわからない。だが二人はこの時間を大切に嚙み締めた。

「カイ、ありがとう」

一つになったサムライアーを眺めて、キョウスケは笑みを浮かべる。そして鍵盤を叩き、音楽に浸った。

五人が奏でる音は一曲に収まらず、疲れ果てるまで何曲もセッションを楽しんだ。

サムライアーとの夢のようなセッションを終え、キョウスケとカイは自宅に戻ってきていた。カイは疲れたのか、大きく欠伸をしながらソファでギターのメンテナンスをしている。丁寧にナットを拭き上げ、弦を緩める。

10センチほど開いた窓から吹いてくる夜風が、カイの髪を柔らかく揺らす。

キョウスケにはカイに聞きたいことがあった。いつからだったのか、ずっと気にはなっていたが、聞いてしまえば何かが壊れてしまう気がして、なかなか言い出せずにいた疑問をぶつける。

「……ねえ、カイ」

「ん？」

「このバンド、わかる？」

キョウスケはサムライアーのCDケースをカイに手渡した。キョウスケの表情はひどく強張(こわば)っている。まるで何かを恐れているかのように。

「……」

カイはCDのジャケットをジッと見つめる。サムライアーの三人がそれぞれの楽器を持ち、微笑んでいる写真だった。キョウスケはわずかな沈黙にも耐えられず、急かすように訊ねる。

「どう？　わかる？」

カイはテーブルにCDをゆっくりと置き、口を開いた。

「う～ん……わからない」

勘違いであってほしいと願っていた。しかし、予想は残酷にも現実となった。

キョウスケは必死に質問を続ける。

「サムライアーだよ！　俺たちのライバルだったバンド！　センターでギターを持ってるのがタケシ！　ドラムスティックを持ってるのがマコトだよ！　覚えてないの⁉」

「いや……」

「ほら！　これはベースのミノルだよ！」

「……」

キョウスケは絶望し、言葉を失った。その様子を見たカイは申し訳なさそうに謝る。

「……ごめん」

キョウスケは真剣な表情で最後の確認をした。

「それじゃ――ユイはわかるか？」

「わからない……」

キョウスケは、自分が抱いていた疑念が事実であることを確信する。ユイの為のライブ以降、カイが一切ユイの話をしなくなっていたことから、ユイのことを忘れてしまったのではないかと考えていたのだ。そしてサムライアーも――。

だとすれば、次は自分が忘れられてしまう番なのではないか。
そんな恐怖に襲われ、その日は眠ることができなかった。

第四章　天野ジン

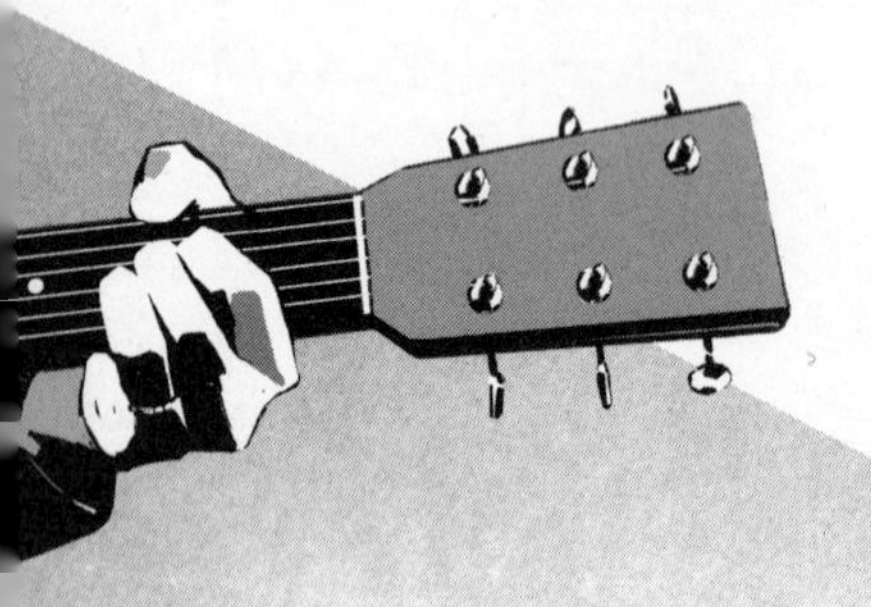

八月も終盤に近づき、夏のイベントと言える祭りや花火大会も終わった頃。

気温が高く、歩道には水撒き(みずま)きの跡が残る九時。

サムライアーはかにたまの二人とセッションをしたスタジオに集まっていた。楽器はケースにしまわれている。タケシは旅行用のシルバーのキャリーケースに腰かけ、スマホを操作していた。

「ジンさんに動画送っとくわ」

「うん。ロンドンに行く前にジンさんのライブ観たかったなぁ」

パンパンに詰まった大きなリュックサックを背負ったミノルが答える。

タケシは何も言わず口角を上げ少し歯を見せて笑い、マコトはアイスコーヒーを傾けてカラリと音を立てながら一口飲み、答える。

「日本に帰ってきたら行こうぜ」

タケシはジンに送るメールの文章を確認する。

【ジンさん、お久しぶりです。俺たち、サムライアーは新しい挑戦をするためにロンドンに行って、路上からやり直そうと思います。いろんな国を回って、音楽のことをもっと知ってサムライアーの音楽を突き詰めてきます。それでは失礼します】

送信ボタンをタップし、かにたまとのセッション動画とともにメールを送信した。

「よし、行くか！」

キャリーケースに手をかけ、スタジオを後にするサムライアー。三人は夢を追う少年のように純粋で輝いていた。

そのリビングは重厚な遮光カーテンで外界から遮断され、朝日が差し込む隙間もない。約三十畳の空間にはあまり物がなく、ひっそりとしていた。

真っ白な壁には美しい絵画がいくつか飾られている。その中にカイが幼少期に描いた、下手だが温かみのある母とジン、そしてカイの三人家族の絵がある。

カイの父親、ジンはボサボサの髪に黒いパジャマを着て、裾を踵で踏みながら歩く。開けた缶ビールを片手にソファに腰かけた。

「はぁ……」

暗い部屋の中、ジンは深くため息をつき、一枚の紙資料を眺めた。

【サマーロックフェスティバルへの出演依頼】

「くそっ」

資料を雑に丸めた瞬間、机に置かれたジンのスマホが鳴り、メールの受信を知らせた。ジンはスマホを手に取る。

「……」

無言で画面を見つめる。メールの差出人はタケシ。メール画面を開き、添付されていた動画を再生する。

「これは、キョウスケ君……？」

カイは今まで深く関わった人達の記憶を失い始めている。
いつ自分のことを忘れてもおかしくないという状況に、キョウスケは怯えながら自分の部屋のソファに座り込んでいた。
不安そうな表情をしているキョウスケに、カイは明るく声をかける。

「なんて顔してんだよ！　大丈夫、忘れないよ」

「でも、ユイのことも！　サムライアーのことも！　……覚えてないんだろ？　俺のことだっていつかは……」

カイは正面からまっすぐな表情でキョウスケを見る。

「キョウちゃんのことだけは、絶対に忘れない」

それは根拠のない誓い。

しかしキョウスケはその力強さに少し救われた気持ちになって、微笑んだ。

「……ありがとう」

いったい、何が引き金となってカイの記憶が消えているのか。それがわからない以上、不安は完全に拭いきれない。重い空気が部屋に充満する中、テーブルに置かれていたキョウスケのスマホが振動する。

「ん？」

着信が来ていた。発信者はジン。その画面を二人で覗き込む。

「親父だ。早く出なよ」

「お、おう」

キョウスケはスマホをスピーカーホンにして、電話に出る。

「もしもし」

「キョウスケ君？」

渋い低音のジンの声は、いつもと違って焦っている印象があった。キョウスケはその様子に疑問を持つ。

「ジンさん？　どうしました？」

「……また、音楽を始めたんだね」

「え？」

キョウスケとカイは、ジンが何について話しているのか、一瞬理解できなかった。

「タケシ君から動画が送られてきたんだけど、そこにキョウスケ君も映っていてね。ピアノを弾いているのを見たんだ」

その言葉でキョウスケは、ジンがかにたまとサムライアーのセッション動画を目にしたのだと気づいた。

「はい。先日、サムライアーと一緒にやりました」

「そうか！　――少し話がしたい。いつなら空いているかな？」

ジンの声から強い焦りを感じた二人は、何か重大なことがあるのだと察する。

「僕はいつでも大丈夫ですけど、いつがいいですか？」

「それなら、今から家に来てくれないか？」

「わかりました。すぐ向かいます」

そう言って電話を切る。カイが心配そうな表情で言った。

「なんの用だろうな？」

「予想もつかないな。俺はこのまま行くけど、カイはどうする？　……ほら、その状態でジンさんと関わりすぎると、記憶がなくなるかも――」

「行くよ」

カイは即答してニッと笑った。その笑顔は不完全で、父親を忘れてしまうかもしれないという恐怖心の全てを隠しきれてはいない。

しかし、キョウスケはそのことを指摘しようとは思わなかった。

「じゃ、行こうか」

カイの実家に向かう支度をする間、二人の会話はいつもより少なかった。

空は曇天に変わりつつあった。

カイの家の前。空模様に合わせたかのように重たいカイの表情を横目で見て、キョウスケは静かに言う。

「……無理するなよ」

「大丈夫。俺もしっかり親父と向き合わなきゃいけない気がするから。ほら、インターホン押してよ」

キョウスケは手を伸ばし、インターホンを鳴らす。

すぐにジンのよく響く低音の声がインターホンのスピーカーから聞こえた。

「弦巻です」

「待っていたよ。入ってくれ」

キョウスケは高級感のある門をくぐり、敷地内へと足を進める。玄関に着く前に扉が開いてジンが顔を覗かせた。ジンはなぜか綺麗なスパンコールが鏤められたスーツ姿だった。ジンのステージ衣装だ。

「キョウスケ君、いらっしゃい。さあ、中へどうぞ」

「ありがとうございます」

キョウスケはジンの服装に触れることなく家に上がる。

ジンの服装を見たカイは、嬉しそうに口角を上げた。カイはスターであるジンが大好きだったからだ。

ジンに案内され、リビングへ入る。カーテンは閉じられていて暗かった。テーブルには飲みかけの缶ビール。キッチンにはコンビニ弁当のゴミが積まれている。

その光景はカイに大きなショックを与えるものだった。

「親父……」

目の前にいるのは、カイが好きだった外見も中身もカッコいいジンではなく、外見だけ取り繕ったくたびれた中年男性だ。カイの寂しい気持ちを察したキョウスケは、気を遣ってジンに声をかける。

「ジンさん、カーテン開けないんですか？」

「……カーテンを開けると天国にいるカイに見られそうだろ。こんな自分の姿はどうも見せづらくてね」

力のない声。カイは切ない表情を隠すように下を向く。すると丸められた紙屑（かみくず）が床に落ちているのを見つけた。

「なんだ？」

カイは紙屑を拾って広げた。

【サマーロックフェスティバルへの出演依頼】

「……」

カイの表情が強張る。キョウスケはカイの様子がおかしいことに気づくが、ジンのいる場で話しかけることはできない。

「キョウスケ君、頼みがある」

ジンは覚悟を決めた真剣な表情で切り出す。その表情にキョウスケは圧倒された。ステージに立っている姿とは異なるが、放たれるオーラや威圧感は間違いなくスターのものだ。

獲物を狩る直前の虎のような、本気の目に怯えるキョウスケ。スターというのは圧倒的なオーラや目力で、周囲に恐怖を感じさせることもある。

そして、ジンは言った。

「──私と今からセッションしてくれないか？」

「え？」

キョウスケは呆気に取られ、情けない返事をした。

「ダメか？」

断る理由はない。だがキョウスケもカイも、ジンの狙いが全くわからなかった。

「こちらこそ、お願いします……」

キョウスケがそう答えると、ジンはほっとしたように微笑んだ。

地下のスタジオで、ジンが楽器を持って立っている。さっきまでのボサボサの髪型ではなく、整髪料でオールバックに固められていた。オールバックは天野ジンのトレードマークであり、その格好から本気度が伝わってくる。

キョウスケも慣れているはずのスタジオは、たった一人の男の存在によって、気軽に音を出していい空間ではなくなっていた。

キョウスケは鍵盤の前に座り、手を震わせている。

「キョウスケ君、大丈夫か？」

「はい。頑張ります」

ジンはガチガチになっているキョウスケを見て笑った。

「そんなに緊張しないでくれ。軽いセッションだと思ってさ」

「でもジンさん、その髪型……めちゃくちゃ気合い入ってるじゃないですか……」

「まぁ、ちょっとだけな。――楽しくやろう」

そう言い放ち、ジンはエレキギターをかき鳴らす。

スタジオはジンの音で埋め尽くされた。ギターの弦の一本一本から、繊細で美しく周囲を圧倒するほどの強さのある音が響く。

キョウスケはビリビリと全身に衝撃を受けたが、同時にテンションが上がる。

「やっぱり、ジンさんはすごい」

ジンはキョウスケに視線を向け、煽るような表情をしてみせた。キョウスケも負けじと鍵盤を叩くように弾き始める。

「若くて良い音だ！」

ジンが引っ張るように演奏を続ける。二人の演奏を見ているカイは嬉しそうに微笑んだ。

「カッケーなぁ」

そうつぶやき、二人の姿を目に焼きつけるようにじっと見る。

カイが憧れたジンの演奏に、相方のキョウスケが必死に食らいついていく。セッションを始めてからたったの二分で、キョウスケが汗を流すほどの激しさと緊張感だ。

最高潮の盛り上がりに向け、キョウスケは鍵盤を叩く速度を早めていく。

その時、ジンの弾くギターの音が止まった。

「ジンさん？」

キョウスケも手を止めて目をやると、ジンは下を向き、悔しそうな表情で固まっていた。

「どうしました？ すみません。僕がぜんぜんついていけなかったから……」

キョウスケは慌てて声をかける。

「いや、すまない。今のは私の問題だ」

キョウスケはジンを心配してピアノの椅子から立ち上がる。

ジンは黙ったままギターをスタンドに立て、キョウスケから離れるようにスタジオの隅に置いてある椅子に腰かけた。

「大丈夫ですか？」

キョウスケの問いかけに、ジンは重い口を開き語り始めた。その身体は少し震えている。

「……自分自身が納得できる演奏じゃないんだ。自分のギターから感情を高められる音が出せていない。――実はね、カイが死んでから私はステージに立てなくなってしまったんだよ」

キョウスケは驚きで息を呑む。キョウスケ自身、音楽から離れていたので、ジンが活動していなかったことに気づけていなかった。それに天野ジンほどのスターであれば、ステージに三年間立たないというのはよくあることだ。

「新曲も作れない。音楽がわからなくなった。ロックスターなんて言われているが、今はそんなんじゃない。どうにかもう一度ステージに立ちたいと思っていたけれど、ぜんぜんダメだ」

ジンは見ていられないほどの苦笑いをした。キョウスケは黙ったまま話を聞くことしかできない。

「すまないね。私の勝手な都合に巻き込んでしまって。またピアノを弾き始めたキョウスケ君とセッションをしたら、感覚を取り戻せるかもしれないと思ったんだ」

ジンはキョウスケに詫びる。そんな父親の姿を見たカイは下唇を強く噛む。

「くそ……」

吐き捨てるようにそう言ってスタジオから出ていくカイのことを、キョウスケは横目で見ていた。ジンはキョウスケに問う。

「一つだけ教えてほしい。私と同じようにカイが死んでから楽器に触れることができなかったキョウスケ君が、もう一度音楽を始められたきっかけはなんなんだ？」

本当のことを伝えるべきかどうか悩み、キョウスケは目を逸らした。

「どうかそれだけ教えてほしい」

ロックスターと呼ばれ、日本中で知らない人がいないくらいの男が、情けなく若者にすがる姿は、痛々しく悲しいものだった。

キョウスケは考えながら、ゆっくりと口を開く。

「仲間が……助けてくれたんだと思います。僕はもう二度と音楽はやるつもりはありませんでしたし、ジンさんと違ってまたステージに立ちたいとも思っていません。でも、仲間のために音を出すことはできたんです。ブランクもありますし、毎日練習しているわけではないので下手ですが、今の自分の音楽はこれなのかな？　と思っている感じです。それが正解なのかはわからないですけど……」

ジンはキョウスケの言葉を真剣に聞き、それから独り言のように言う。

「今の自分の音楽、か……」

「はい。僕はジンさんのこと、本当にカッコいいと思ってます！」

ジンは優しく微笑む。

「ありがとう」

「それじゃ……そろそろ失礼します」

キョウスケはカイの行方が気になっていたので、ジンに頭を下げ、足早にスタジオを出た。

そのままジンの家を飛び出したところで、カイの声が聞こえた。

「こっち！」

カイは近くの日陰でキョウスケを待っていたようだった。安心したキョウスケは小走りでカイに駆け寄る。

「カイ、大丈夫か？」

「うん。大丈夫！」

カイは明るく笑顔で答えて、サムズアップをした。

「あれ？　手、汚れてない？」

「ほんとだ！」

先ほどの落ち込んだ様子は全くなく、いつものカイだった。

スタジオに残されたジンはため息を吐き、ギターのネックにそっと触れる。

「ごめんな」

少ししてからスタジオを片付け、階段を上がっていく。

「仲間か……」

ジンは小さくつぶやき、リビングのドアノブに手をかけた。

ジンの思い出の中のリビングはとても明るい。十六年ほど前の、カイの家。

幼いカイが、子供向けのカラフルな鉄琴や知育用のパズルなどに囲まれ、家族の似顔絵を描いている。

その横でジン、カイの母親のアカネ、そしてジンのライブのバンドメンバー達が、打ち合わせを兼ねた食事会をしていた。

食卓には豪勢なイタリアンが並べられ、賑やかな笑い声に包まれている。

「セットリストも決まったし、これから合わせていこうな！」

ジンは笑顔でバンドメンバーに声をかける。

「こちらこそ、今回はありがとうございます！　ジンさんのライブで演奏できるなんて夢みたいです！」

ジンのバンドメンバーはツアーの度に変わる。そのため、バンドメンバーとの決起集会を定期的に開いていた。

天野ジンのバックバンドができるというのは、ミュージシャンの憧れだ。

「ジンさんはどうしてバンドメンバーを固定しないんですか？」

一人のミュージシャンが疑問をぶつけた。

「私は新しいことや、若い感覚というのを大事にしているんだ。固定してしまうと、馴(な)れ合いや妥協が生まれてくる可能性もあるからね。今回はよろしく頼むよ」

「はい！」

若手ミュージシャン達は気合いを入れ、声を揃えて返事をした。

「ねえ！　見て～！」

幼いカイが描いていた家族の似顔絵を持って、食卓にやってくる。色鉛筆で描かれた、ジン、アカネ、カイの三人が笑顔で歌っている絵だった。

アカネが真っ先に反応した。

「すごーい！　上手ね！」

ジンも席を立ち、カイの絵を見る。

「おお、やるなぁ！　カイは絵描きさんになりたいのかな？」

カイは首を大きく横に振る。

「ううん！　僕はパパみたいになりたい！」

「ははは！　なれるぞ！　カイは俺の子だからな」

嬉しさで目にうっすらと涙を浮かべて笑うジン。

そのやり取りはとても幸せで、今もなお、色あせない。

◇

暗いリビングのソファに腰かけて、ジンは昔を思い返していた。ふとカイが幼少期に描いてくれた絵に視線を移して、異変に気がつく。

「……なんだ？」

ジンの宝物といっても過言ではないカイの絵に、黒いマジックで「ビビんなよ！」と大きく書かれている。今朝まではなかったはずのその字には見覚えがあった。

ジンは確信する。これはカイが書いた字だ、と。

雑に書かれた文字からは、ジンを奮い起こさせようとする感情があふれ出ている。

文字を眺めながら、ジンはカイに語るように口を開く。

「……父ちゃん、ダセェよな。カイがいなくなってからずっとダセェ。十年前、アカネが病気で亡くなってから、俺はお前のために歌ってきた。今はお前もいない。俺はなんのために歌えばいいんだろうなぁ。もう守るもんがねーよ。『ビビんなよ!』か……。ビビってステージに立てないの、バレてるんだな。カイ、ありがとう。こんなダメな親父のために……」

ジンは右手で静かに目元を押さえる。

その隙間から、涙があふれた。

夜の公園のベンチに、キョウスケとカイは並んで座っていた。

周囲には虫の羽音が響いている。街灯が二人を照らす中、カイが穏やかな声色で言った。

「親父がごめんな」

「俺は大丈夫だけどさぁ……。ジンさん大丈夫かなぁ?」

カイはニッと笑い、いつもの様子で大声を出す。

「天野ジンは俺の憧れだぞ！　そんな弱くねーよ！」

前向きにそう叫んだカイのおかげで、キョウスケの心は少しだけ軽くなる。

「そうだよな。……セッションしてる時、ジンさんはカイのこと見えなかったのかな？　ユイもサムライアーも、演奏した時にカイに気づいたよな？」

「えっと……なんの話？」

「あ、ごめん。記憶ないんだよな……」

公園の外を走る車のヘッドライトが輝く。

「うん。キョウちゃんに言われても、何も思い出せないなぁ」

無言の間が生まれる。キョウスケは覚悟を決めてカイと向き合う。

「これ以上ジンさんと関わると、また記憶消えちゃうんじゃないかな……。親との思い出が全部消えて、誰だかわからなくなるなんて絶対にダメだ」

熱くなるキョウスケ。だが、カイは冷静に返す。

「キョウちゃん。俺はさ、もう死んでるんだよ。こうやって記憶があって、意識がある方がおかしいの。俺は、生きてる皆が俺のこと覚えててくれたら、それでいいよ」

カイは笑顔だった。キョウスケの目にはその笑顔が切なく映った。

「本当にいいの？」

「当たり前だろ！　そもそも、いつまで幽霊やってられるかもわからないし……」

その言葉を受けたキョウスケは、改めて現在の歪な状況を認識する。不安な気持ちから目を背けて苦笑した。

「……そうだな」

「んじゃ、帰ろうぜ！」

この非日常的な日常がいつ終わってもおかしくない。

そう思いながら、キョウスケはカイの後ろ姿を追って帰路についた。

スマホの着信音で目が覚める。キョウスケが目を擦りながら画面を確認すると、ユイからの着信だった。急用かと思い、すぐに画面をスワイプして応答する。

「もしもし！　キョウちゃん？」

いつも通りの明るいトーンの声だが、少し慌てているような印象を受けた。

「おはよう、ユイ」

キョウスケは寝起きの声で対応する。

「今日の朝に発表されてたんだけど、カイのお父さんがサマーロックフェスに出るみたいだよ！」

「え？」

ユイの言葉がすぐに頭に入ってこなかった。まだ目が覚めておらず、情報の処理が追いついていない。

「だから！　カイのお父さん！　三年振りにフェスに出るんだって！」

「……え、嘘!?　なんで急に？」

ようやくキョウスケの頭が働き始め、思わず大きな声が出た。ユイは小さく笑って話を進める。

「それでね。もし良かったら一緒に観にいかない？　というお誘いです」

キョウスケは電話を続けながらカイを視線で探す。カイはまだソファでイビキをかいていた。

「う～ん。少しだけ時間もらっていい？　またあとで連絡するね！」

カイに気を遣い、キョウスケは返事を曖昧にする。

「わかった～。フェスは明後日（あさって）だから、早めに連絡してよー」

少し不満そうなトーンで返事をするユイ。

「うん。すぐするよ」

「はい、じゃあね」

そうして通話を切ると同時に、キョウスケはカイのもとに駆け寄り、耳元で叫んだ。

「カイ！　起きろ!!」

「うお――――！　ビックリした！」

突然のことに驚いたカイが絶叫とともに飛び起きる。その絶叫で今度はキョウスケがびくりと驚く。

「ビックリした！　急に大声出すなよ」

「え？　ごめん！　いや、大声出したのキョウちゃんでしょ？　ん！　俺か？」

起き抜けのカイは混乱している。その様子を見てキョウスケはくすくすと笑った。

「で、どうしたの？　キョウちゃん」

「そうだ！　ジンさん、サマーロックフェスに出演するらしいよ！　観にいくか？」

カイの表情がみるみる輝き出す。そして満面の笑みで言った。

「行く！」

「そう言うと思った。でも、急に出るって何があったんだろう？　昨日セッションした時は、ステージには立てないって言ってたのに……」

首を傾げるキョウスケに対し、カイは自慢げに胸を張った。

「親父は立つよ！　だって、俺の親父だもん」

サマーロックフェス当日、十三時。夏のフェスにふさわしい海辺のスタジアムやその周りには、ライブTシャツを身に纏った約三万人の音楽ファンが集結していた。

サマーロックフェスは毎年行われていて、いつも満席の大人気フェスである。一昨日、突如SNSを通じて今年の大トリが天野ジンであることが発表され、三年ぶりの出演に会場中が胸を躍らせている。

その天野ジンの楽屋にキョウスケは招待されていた。

「キョウスケ君、わざわざ来てくれてありがとう」

たくさんのライブグッズを身に着けたキョウスケは、首からフェスオリジナルのタオルをかけている。

「こちらこそありがとうございます。その、こんなに満喫してしまってすみません」

ジンはまるでカイのように、顔をクシャッとさせて笑う。

「楽しんでいるようで何よりだ。この前はセッションしてくれたのに、あんな形で終わらせてしまって申し訳なかった。正直に言うと、今回のフェスの出演もずっと迷っていたんだ。情けないが怖くなってしまっていてね。でもセッションをした後、気が変わった」

「こうして、またジンさんの演奏や歌が聴けるの楽しみです！」

「ははは、それはお互い様だ。私もキョウスケ君の演奏が好きなんだ。君のピアノからは未来を感じる」

「未来？」

キョウスケはその意味をきちんと理解できなかった。何か言外の意味を含んでいるように感じたが、ジンは軽く流してしまう。

「まあまあ。そうだ、君に見てもらいたい物があるんだが……」

そう言ってジンは席を立ち、楽屋の奥から一枚の画用紙を持ってくる。

「それは？」

画用紙を広げるジン。それは子供が描いたと思われる三人家族の絵だった。そしてその絵の上から「ビビんなよ！」と大きく文字が書かれている。

キョウスケは、その文字を書いたのが誰だかすぐにわかった。

「これは子供の頃にカイが描いてくれた家族の絵なんだが、君とのセッションを終えてリビングに戻ったら、文字が書かれていたんだ」

「……」

ジンは真剣な様子で言葉を続ける。

「私にはわかる。この文字はフェスに出ない私に向けた、カイからのメッセージだ。変なことを言っているかもしれないが、キョウスケ君はどう思う？」

キョウスケは優しく微笑み、答えた。

「はい。きっとカイだと思います！」

その返答に、ジンはニッとカイと同じ笑顔をみせた。

「ありがとう。今日のステージ、楽しんでくれ。わざわざ呼んで悪かったね」

「いえ、応援してます！」

キョウスケはジンの楽屋を後にする。楽屋の前にはカイが立っていた。

「お待たせ。本当に一緒に入らなくて良かったの？」

カイは機嫌が良さそうに答える。

「うん。もしこのタイミングで親父に俺が見えちゃったら、親父のことわからなくなっちゃうかもしれないし。俺、ステージに立つ親父が見たいんだ」

ニッと笑ったカイは明るく声を出す。

「ライブ、楽しむぞ！」

満席の会場内には、開演前にもかかわらず大声で盛り上がっている人や、ビールを片手に踊っている人達がいた。様々な人間が屋根のない約四十度の灼熱（しゃくねつ）のスタジアムで熱狂している。

キョウスケはその中で、待っているユイを見つけた。

「俺、あそこの席だ。カイはどうする？」

「俺は幽霊だし、誰にも見えないから、自分の好きなところで見るよ」

カイは少し寂しそうな笑みを浮かべてそう言った。カイはもうユイのことがわからない。そういう気まずさもあるのだろう。それに気づいたキョウスケは、カイの言葉をすんなりと受け入れる。

「わかった。じゃあ、あとで合流な」

「オッケー。あの女の人にテンション上がって告白とかするなよ！」

カイはいたずらっぽい表情でキョウスケを茶化す。

「バカ！　そんなんじゃねーよ」

そうしてカイはステージの近くへと進んでいき、キョウスケはユイのもとへと向かった。

「ごめん。お待たせ」

キョウスケの声に振り向いたユイは、フェスのTシャツを着て両手にビールを持っている。

「遅いよー。ビール、ぬるくなっちゃってるかも」

唇を尖らせたユイは、人肌に温まったビールのカップをキョウスケに手渡す。

「ありがとう」

「はい、乾杯！」

二人は生ぬるいビールのカップを合わせて一口飲む。

「あんまり……おいしくないね」

そうつぶやきながらも飲み進めるユイ。

「そうだな。待たせちゃったからだよね……」

申し訳なさそうなキョウスケに、ユイは笑いかける。

「フェスのビールって、こんな感じじゃない？　それより、ジンさん大丈夫かな？　楽屋行ってきたんでしょ？」

キョウスケはステージを見つめながら、落ち着いた声で返す。

「大丈夫。……きっとすごいライブになる」

その瞬間、ステージの照明が消えた。

ステージに設置された巨大なスクリーンに、10からのカウントダウンが表示される。

その数字に合わせて観客が大声を出す。

0になった瞬間、会場が大きく揺れた。

カイはステージの最前列、フェンスを越えてしまいそうな勢いで騒いでいる。

キョウスケとユイは立ち上がり、時折吹く海風を感じながらライブを楽しんでいた。

ビールに口をつけ、ユイはキョウスケに語りかける。

「もしね、もしだよ。カイが生きていたら、あのステージにかにたまの二人が立っていたかもしれないよね」

キョウスケは小さく笑って答える。

「そうかもね。でも、そんなこと考えたらキリがないよ」

「またステージに立ちたいとは思わない？」

「え？　……どうだろうなぁ」

否定できなかった。一度でもステージに立ったことのある人間は、自分に対して熱狂する観客の歓声を浴び、その高揚感に取り憑かれる。中毒のようにやめられなくなることもある。

否定しないキョウスケに顔を近づけたユイは、畳みかけるように言葉を続けた。

「私はキョウちゃんがまたステージに立っているところ見たいな。路上で二人が歌ってる姿も素敵だったけど、このくらい大きな会場でキョウちゃんのピアノや歌を聴いてみたい！　私、キョウちゃんの演奏が好きだから」

ユイの純粋な音楽への想いが伝わってくる。元々、音楽好きのユイは、キョウスケがこのまま埋もれていくのが嫌なのだろう。

「……」

キョウスケは黙ったままステージを見つめる。頭の中では、自分がステージの上で演奏している姿を思い描いていた。

◇

フェスも終盤に近づき、ジンの出番まで残り五分を切っていた。

細身の黒のパンツに黒いブーツ、白のロックTシャツを着て前傾姿勢でソファに座っているジンは、手を組み精神統一をしながらつぶやく。

「カイ見てるか？　父ちゃんビビらねぇぞ」

そう言って目を閉じた。

十年前、カイの家。

綺麗な茶色のロングヘアーをなびかせ、白いロングスカートに黒いシャツというシンプルなファッションを着こなした女性が、玄関でカイを待っている。カイの母親、アカネである。

「カイー。行くよー」

まるで声優のような透き通る声でカイを呼ぶ。

「待って〜」

天野ジンのライブTシャツを着て、子供用のリュックサックを背負った十一歳のカイが、玄関に向かって走ってくる。大きすぎるTシャツは膝下くらいまでの丈になっていた。

「Tシャツ、大きすぎない？」

そう言って微笑むアカネ。

「いいの！　パパにサイン書いてもらうんだ！」

「そう。じゃあ行くわよ」

「はーい」

母と手を繋ぎ、カイは家を出る。

二人は天野ジンのライブ会場へと向かった。

ワンマンライブを終えたジンが楽屋に戻ってくる。

大きな楽屋には広めに取ったメイクスペース、綺麗に並べられた十本のギター、巨大なソファなどがある。ハンガーラックには、黒地に金の刺繍でデザインが入った特注のバスローブがかかっていた。

「お疲れ様でした」

深々と頭を下げる男性スタッフは髪を短く整え、綺麗なスーツを着こなしている。

「お疲れ。うちの子はまだ来てないか？」

周囲を見渡し、カイとアカネを探すジン。二人を楽屋に招待してあった。

「まだライブが終わったばかりですから。今、スタッフがこちらにご案内していると
ころかと」

「そうか」

我が子に早く会いたくて仕方なさそうなジンを、スタッフは微笑ましく眺める。

しばらくして扉がノックされた。

「パパ〜。開けて〜」

カイの声が扉越しに聞こえてくる。

「おお！」

ジンは足早に入り口に向かい、カイとアカネを招き入れた。

「来たのかー。嬉しいぞー」

ライブ中とは違い、ジンは緩んだ表情を見せる。

「パパ？」

カイは不思議そうな表情をした。

「ん～？　パパだぞ～。ライブ楽しかったか？」

「うん。なんかパパ、さっきとぜんぜん違う……」

「ははは、ステージとカイの前じゃ違うよ。ステージに立ってるパパはロックシンガーで、カイの前だと普通のパパだからな」

カイは不満そうに口を尖らせた。

「僕、歌ってるパパが好き！」

「歌ってるパパもいつものパパもいいじゃないか」

ジンは苦笑しながら答える。

「やだー。歌ってよー！　アンコール！　アンコール！」

そうやって駄々をこねるカイを、アカネが優しく制した。

「カイー。パパはライブ終わりで疲れてるから、また明日歌ってもらいましょ」

「うー……」

納得していない様子のカイは、ジンの楽屋に置かれたエレキギターをつかむと、弦を弾いて一人遊びを始める。

「そういえば、アカネ。病院はどうだった？」

ジンはカイからアカネへと視線を移す。神妙な面持ちだった。

「……。原因がわからないみたいなの。本当はすぐにでも入院して、全身検査をした方が良いって言われたんだけど、今日はどうしてもライブに来たかったから」

アカネは笑顔で答える。

しかし、その笑顔はぎこちなかった。

スタッフがノックをして入室してきた。

「ジンさん、まもなく出番になります。スタンバイをお願いします」

ジンは真紅のジャケットを羽織り、両手で前髪を後ろに運ぶ。ジンのトレードマーク、オールバックが完成した。

「行こうか」

ジンはスタッフに返事をして楽屋を出る。その表情、そして周囲がひりつくほどのオーラは、カイが亡くなる以前のものと同じだった。

「は、はい！」

スタッフは確信する。

――このステージで天野ジンの第二章が始まるのだ、と。

キョウスケとユイが見つめるステージ上では、照明が高速で明滅を始める。今まで以上にスモークが焚かれ、ステージ全体を徐々に包み込んでいく。

「派手な演出だね」

見惚れたようにユイがつぶやく。キョウスケは静かに頷いた。

「きっとジンさんが出てくるんだ」

唐突に音が止まり、静寂が訪れる。

しゃべっている客は一人もいない。

さっきまでの盛り上がりが嘘のような、およそ七秒間の凪。

嵐の前の静けさという表現がこんなにもハマる瞬間はない。

そして突然、花火が打ち上がって。

――天野ジンが、シャウトとともに現れた。

曲が流れ始める。会場の盛り上がりはこの時点でフェス一番だった。観客が一体となり、飛び跳ね、声を上げ、天野ジンというスターの貫禄に魅了されている。

「やっぱり、ジンさんすごい」

キョウスケはジンのステージを見て鼓動を速めていた。エレキギターの激しい音。色気のある掠れた歌声。誰も真似することができない天野ジンの才能を目の当たりにする。

客席が狂喜乱舞するほどの盛り上がりを見せる中、最前列にいたカイはグッと拳を握り締め、瞬きもせずにステージを見つめる。

「俺の大好きな親父だ」

カイの目にはうっすらと涙の雫が光る。

「きっと、これが最後だな……」

天野ジンというロックスターの復活に涙する人々が、大声で声援を送る。

カイは目をうるませて、ステージで歌うジンをひたすらに見ている。

「俺の大好きな親父は、やっぱこれだ……」

天野ジンのステージは終演へと向かっていく。

ステージに立つジンは、三年間のブランクを感じさせないほどに圧倒的な存在感を放ち、堂々としていた。

ステージ全体を巡るレーザーの照明、絶え間なく上がる炎。サマーロックフェスの大トリにふさわしいパフォーマンスだった。ジンの立ち姿と歌唱力がステージを大きく輝かせる。

天野ジンの復活はフェスの終了後、すぐさまSNSを通じて世界中へと拡散されていった。

ロックスター天野ジンの復活劇を目の当たりにした観客は、その余韻に浸りながら、会場から駅に向かって流れていく。
キョウスケは会場の外でユイと別れ、カイと合流してスタジアムの裏の海辺にいた。ライブで爆音を聴いた後の静寂の海、二人は少し耳鳴りが残った状態で何気ない会話をする。
「ジンさん、カッコ良かったね」
キョウスケはカイの感想を探るように問いかけた。

「そうだな。俺、ステージに立つ親父が好きなんだって改めて思ったよ」

空を見上げながらカイはそう言った。頭上には星々が輝いていた。

海風に乗って、アコースティックギターの音がかすかに聴こえてきた。

「アコギ？」

キョウスケは周囲を見回す。

「……親父の音だ」

「え？」

カイが勢いよく走り出し、キョウスケも遅れてその後を追う。

「おい！　カイ！」

沖の方へと少し延びた堤防の先に、胡坐をかいてアコースティックギターをかき鳴らしている男が見えた。

カイはその男に向かって全力で走っていく。キョウスケの目にははっきり見えなかったが、カイはその人物がジンであると確信しているようだった。

キョウスケは足を止め、カイを待つことにした。

「親父！」

堤防に辿り着いたカイは声を張り上げる。

カイの直感は当たっていた。ギターを弾いていた男はジン。

しかし、ジンにカイの声は届いていない。

「そうだよな。俺の声、聞こえねえよな……」

ジンは弾き語りを始める。綺麗なアルペジオの音にジンの歌声が乗る。波の音や風の音も音色になっていく。

天野ジンは自分の音を自然の中に優しく溶かし、抑揚をつけてまとめ上げる。このセンスは本物の天才と呼ぶ他なかった。

「親父の音、落ち着くなぁ。このまま成仏できねーかなぁ……」

堤防から足を投げ出して座り込むカイ。ジンのそばで涙をこらえ、その演奏に耳を傾ける。

「カイ？」

ジンのその一言とともにギターの演奏が止まった。

「……え」

驚いたカイはジンに視線を向ける。

――ジンと目が合った。

「親父？」

ジンは沈黙したまま、死んだはずの息子が見えているという不思議な状況を理解しようと、思考を巡らせている。

「親父、先に死んじゃってごめん……」

カイは視線を外し、下を見ながら言った。カイの声を認識したジンは目の前の光景を疑いつつも、絵に書かれたメッセージのこともあって自然と受け入れ始めていた。

「……まったくだ」

ジンの言葉に反応する形でカイは顔を上げる。ジンの目からは涙があふれそうになっていた。

「守ってやれなくて悪かったな」

カイはバツが悪そうに、海の方に目をやる。

「謝んないでよ。俺が悪かったんだよ。デビューが決まって浮かれてたから事故に遭った。俺が死んだことでいろんな人の心傷つけてさぁ。親父のことも傷つけちゃった。……母さんが病死した時に初めて親父が泣いてるところ見て、俺が親父を支えなくちゃって思ってたのに……できなかった。ごめんなさい」

カイは途中から涙声になり、上手く話せていなかったが、ジンにはちゃんと伝わった。ジンはギターを地面にそっと置き、カイを抱き締める。

薄い雲に隠れていた月がはっきりと姿を現す。

「いいや、十分支えられていたよ。ありがとう、カイ」

カイを抱く手は震えていた。カイもジンの背中に手を回す。

「親父、痩せたね……ちゃんと飯食えよ」

背骨が浮き出ている感触があってそうささやいた。

「そうだな……」

カイは優しく手を解き、ジンからそっと離れる。

「なぁ！　歌ってよ」

カイは涙を流しながらニッと笑った。

「お前は俺の歌が好きだなぁ」

ジンもニッと笑い、カイと全く同じように口角を上げる。

「さっきのステージ、マジでカッコよかった！　アンコール！」

「俺を誰だと思ってんだ？　そんな小さな歓声じゃアンコールには出てこねーぞ」

ジンに煽られて立ち上がったカイは、海に向かって大声で叫ぶ。

「アンコール！　アンコール！」

カイの声は夜の海に響き渡る。波の音に負けないほどの大きな声だった。

「よし、やってやる!」

ジンは堤防に置かれたアコースティックギターを力強く手に取る。そして弦に指を添え、演奏を始めた。

ステージ上のジンとは違う、優しい歌声とメロディ。

その音色は天国まで響くようだった。

「ありがとう」

そうつぶやいてジンのそばで聴き入るカイ。ジンは目をつむり歌う。

時折力を込めたり、切なさを含ませたり、そんな歌い方をした。きっと大切な我が子が生まれた時からの幸せな日々、妻の病死、カイの事故死、孤独になってしまった自分自身、そして今この瞬間をジンは思い出していたのだ。

「……アンコールはこれで終わりだ」

歌い終わり、目をゆっくりと開くジン。もうその視界にカイはいなかった。一人になったジンがつぶやく。

「カイ、父さんまだまだ頑張るな。母さんと仲良くしろよ」

◇

カイは堤防をフラフラと歩いて、キョウスケの方へと向かっていた。

「カイ！」

キョウスケが呼ぶと、カイは顔を上げて弱々しく微笑み、キョウスケのもとにゆっくりとやってくる。

「……」

恐らくもうジンの記憶は失われ、キョウスケが説明しても思い出せないだろうという予感がした。キョウスケは必死に言葉を探す。

「えっと、大丈夫か？」

「なにが？」

カイはニッと笑い返す。その笑顔が嘘で固められたものだというのは誰にでもわかる。

カイは目を伏せて、寂しそうに言った。

「ねえ、キョウちゃん。さっきから、なんかすげー胸が痛いんだ。でもなんで痛いのか、なんでこんな気持ちになってるのかわからない。もしかしたらまた何か忘れちゃったのかも……」

キョウスケは精一杯、カイを安心させられる言葉を探した。

「大丈夫だよ、カイ。きっとこれで良かったんだ……一緒に、帰ろう」

「うん。ありがとう、キョウちゃん」

二人は駅に向かって歩いていく。その途中でカイがキョウスケに語りかけた。

「さっき堤防で歌ってたおっさん、すげーカッコよかったよな」

「……」

子供に忘れられる親の悲しみは、いったいどれほどのものなのだろう。キョウスケにはわからない。

肉親まで忘れてしまったカイが次に忘れるのはおそらく自分だ、とキョウスケは静かに覚悟を決める。

「あ……」

カイは何かを思い出したように一瞬だけ歩みを止める。しかし、キョウスケに悟られないように再び歩き出した。

第五章　境界のメロディ

サマーロックフェスの翌日は、昨日の晴天が嘘のような大雨だった。キョウスケの住むマンションの窓ガラスに大粒の雨が打ちつける。

部屋の中で、キョウスケとカイは真剣な表情で向き合っていた。

重い空気を破り、カイが一つの提案をする。

「キョウちゃん。もう一度、メジャーデビューを目指そうよ」

キョウスケはこの夏、カイがユイやサムライアー、そしてジンを忘れる光景を目の当たりにしてきた。だからこそ、この提案に乗れば、自分がカイの記憶から消えるだろうと直感でわかってしまう。

「それは、無理かな……」

「どうして？　昔はキョウちゃんもメジャーデビューしたがってたじゃん。才能もあるし、絶対目指すべきだよ！」

「……俺はカイと一緒にメジャーデビューしたかったんだよ。それくらいわかるだろ」

「……」

カイはうつむいて黙り込む。キョウスケは話題を変えて質問した。

「カイ、ユイのことわかるか？」

「突然何……？」

「サムライアーは？」

カイは少し苛立った様子で言葉を返す。

「この前からなんなの？」

「ジンさんは？」

「だから、わからないって！　さっきから誰のこと言ってるの？　大切な人だったことはなんとなく伝わってくるけど、思い出せねーって何回も言ってるじゃん！」

カイは感情が爆発したように叫ぶ。熱くなるカイに対し、キョウスケは冷静さを失わないよう、慎重に言葉を選んで続ける。

「カイと再会して、最初はただ嬉しかった。でも、カイは大切な人たちのことを忘れていってる。……俺はカイに忘れられたくない。ずっと一緒にいられるように、なるべく余計なことはしたくないんだよ」

「キョウスケちゃん……」

カイは少し考えるように口を閉じ――それから明るくニッと笑った。

「それは、無理だ！」

いつも通りの明るい口調、表情。

「キョウちゃんの気持ちもわかるよ。でもさ、俺はもう死んでるんだよ。大切な人たちのことをどんどん忘れてるのは自覚してる。どんなに頑張っても思い出せなくて、改めて覚えようとしても記憶できない。この世界に戻ってきて、もう一度キョウちゃんに会えてすごく楽しかった。でも、ずっと一緒にいるのは無理だ。もしもキョウちゃんが俺のことが見えなくなって。それでも成仏できなかったら、俺はどうなるんだ？　もしかしたらこの世界を彷徨(さまよ)い続ける悪霊になるかもしれない。それでもキョウちゃんは、俺をこの世界に残したい？」

「……」

キョウスケの顔がひどく歪む。そう問われて頷けるわけがない。思考が停止する。痛みさえ感じるような沈黙が生まれる。

その間に耐えられなくなったカイがそっと言葉を続けた。

「思い出したんだ」

キョウスケは力なくカイの目に視線を移す。カイは覚悟を決めた様子でまっすぐキヨウスケのことを見ていた。

「俺、現世に戻ってきた時に忘れ物をしたって言ったよね？」

「そういえば……。それってなんだったの？」

カイはわざと明るく大声を出すように心がけ、告げる。

「曲作り！　高校の時、出会ってすぐに作り始めた曲。だけど、完成しなかった曲。昨日のフェスの帰り道、突然その記憶が蘇ったんだよ！　俺の忘れ物って、あの曲を完成させることなんだ！」

キョウスケもカイに言われて思い出す。

「忘れてた。確かに二人で作ってた曲があったね」

「俺がまだここに残ってる理由って、あの曲を完成させて、もう一度キョウちゃんをステージに立たせることなんだよ。キョウちゃん、一緒に完成させよう！」

「でも、それって……」

忘れていた曲を完成させることは、カイとの別れを意味する。前向きに返事をすることがキョウスケにはできなかった。

カイはキョウスケの心の内を理解しながらも話を進めていく。

「えっと、どんな曲だったっけ？　バラードだったよね？」

「待ってよ！　その曲が完成したら――」

躊躇（ちゅうちょ）しているキョウスケに、カイは発破をかけるように言った。

「ウジウジすんな！　バラードだったよね？」

「……うん」

キョウスケはカイの強い押しに負けて答える。何かを探すようにカイは周囲を見回した。

「譜面あったよね？　どこだかわかる？」

「引き出しかなぁ」

そう言ったキョウスケは、ベッド下の引き出しに視線を送る。しかし、その譜面に何が書かれているかまでは記憶になかった。カイはすぐさま引き出しを開ける。相変わらず、かにたまの音源や資料が綺麗に整理されていた。

「えっと～、あ、これだ！」

カイが手に取った譜面には題名しか記されていなかった。『98％のラブソング（仮）』と書かれている。その文字を見て吹き出した。

「何この、絶妙なダサさ！　残りの２％どうした⁉　これ考えたのキョウちゃんでしょ」

キョウスケは顔を少し赤くし、声のトーンを上げて反論した。

「カイだろ！」

カイは疑わしそうにキョウスケに顔を寄せ、ジッと観察する。

「いや、顔真っ赤！　絶対キョウちゃんじゃん！」

声を上げて笑うカイと、恥ずかしそうなキョウスケ。

しかし、カイはすぐに困った表情になった。

「ってか、これ題名しかないじゃん。曲の内容、思い出せる？」

キョウスケにはまだ羞恥の感情が残っており、黙ったまま電子ピアノの電源をつけた。

「こんな感じだっけ……」

シンプルなCのキーで滑らかに、およそ二小節分のメロディを鍵盤で鳴らす。

「あっ、そうそう。懐かしいなぁ。イントロなしで歌から入ろうとか言ってたよね？　ってか！　覚えてたなら教えてよ」

キョウスケは、その言葉に言い返さず、ふっと指を止めて、カイの目を見る。

「カイは、この曲が完成したら俺のことも忘れる？」

直球で疑問をぶつけた。

「忘れないよ。もしキョウちゃんが俺のこと見えなくなったって忘れない」

カイは真摯な態度でキョウスケを見つめ返して答えた。キョウスケはあふれかけた涙をこらえた。その言葉がカイの優しさだということは理解している。きっと、本当は忘れてしまうだろうということも。

それでも直球で訊ねたのは、心を決めたかったからだ。

――カイの忘れ物を完成させる。

そう、決めた。

「わかった。曲の続きを作ろう」

ようやく前を向いたキョウスケと向き合って、カイは笑みを浮かべる。

「うん。この曲が完成したらさぁ、満席の大きな会場で弾いてほしいな！」

「満席なんて無理だから！」

カイがソファによりかかり、幸せを噛みしめるように口を開く。

「楽しいなあ。すげー楽しい。でも、もしかしたら、そろそろタイムリミットなのかもなぁ。こっちに帰ってこーい！　いつまで楽しそうにしてるんだって、神様が言ってるのかも」

キョウスケはカイの一言で急に我に返り、カイとの別れが目前まできていることを実感する。

「……」

キョウスケは目に滲む涙を手で拭った。泣かないように我慢したせいで顔面が大きく歪む。カイはそれを見て笑った。

「キョウちゃん、不細工になってるよ！」

「うるさい！」

カイは優しい声でそっと言葉をかけた。

「……もう散々泣いただろ？　俺が死んだ時にさ」

結局、涙は止まらずあふれ出す。カイが現れてからずっとこらえていた涙が一気に流れ出した。

再会の喜びの涙。楽しい思い出が増えた涙。別れを悲しむ涙。

「カイ、ずっといてくれよ……」

涙声で振り絞って出した一言だった。カイはキョウスケに顔を近づける。

「バーカ！　死んでも嫌だね！」

カイは笑ってキョウスケと肩を組んだ。

「俺は生まれ変わってやりたいこと、たくさんあるんだよ！　どんな家に生まれて、どんな家族と出会うんだろうなー。友達作ってバンド組んで！　世界一になる！　だから、いつまでもキョウちゃんの面倒見てられないの！　わかる？　キョウちゃんも、自分の夢叶えろよ！　死んだ俺にはやりたいことといっぱいあるのに、生きてるキョウちゃんにやりたいことがないとか許せないから！」

キョウスケは涙ながらに、その言葉を受け止めようと努める。

「うん、頑張る」

カイはギターを持ち、作曲を始めた。キョウスケも鍵盤に向かって音を鳴らす。その時、テーブルに置いていたスマホが振動した。

二人は同時にスマホへと目を向ける。画面には「ジンさん」の文字。

カイの前で会話することはできないと判断したキョウスケは、慌ててテーブルからスマホを取り、玄関のドアを開けて部屋を出た。

「もしもし。お疲れ様です」

キョウスケの様子が気になったカイは、ドア越しに聞き耳を立てるが、雨の音がうるさく途切れ途切れにしか聞こえない。

「え？　バックバンドなんて無理ですよ！」

キョウスケが少し大きな声を出した。

「バックバンド……？」

カイはそのワードだけ聞き取ると、部屋に戻ってギターを抱え直した。十分ほどの通話を終えてキョウスケが部屋に帰ってくる。

「おかえり。なんだった？」

「なんでもないよ。続きやろうか」

キョウスケは平静を装ってそう言い、鍵盤の前に座る。

「えー、なんの話か教えてよー。バックバンドがなんだって？」

とぼけた顔をして質問するカイ。キョウスケは盗み聞きされていたことに気づく。

「聞いてたな？」

「えー？　何がー？」

にくたらしい表情を続けるカイ。ため息を吐いたキョウスケは、カイにどういう風に伝えるか悩む。

「教えてよー」

カイは異常なくらい諦めが悪い。こうなってしまったら逃げられないと知っているキョウスケは、ジンのことだけ曖昧にして正直に話すことにした。

「さっきの電話は、来月にロックスターの人がライブやるから、バックバンドやりませんか？　っていうオファーだよ。でも断った」

「え？　なんで⁉　やりなよ！」

「オファーを受けたら、練習とかリハーサルとかでこの曲作る時間なくなるし……スケジュール的に無理かなって思って」

「そっか。……キョウちゃん変わったね。きっと前までだったら、もう音楽はやらないからって断ってたでしょ？　だけど今はスケジュールが理由で断ってる！　だいぶ前向きになったよ。でもステージに立ちたいなら、俺のこと気にしないで受けていいからね」

　微笑んでそう告げるカイ。キョウスケも、少しずつ自分が前に進めていることを自覚して嬉しく思う。そのことを察したカイは言葉を続けた。

「話だけでも聞いてくれれば？　俺のことはいつでもいいから」

「そう？　……じゃあ、話だけ聞いてこようかな。そんなに大変じゃないかもしれないし」

「おう。行ってこい」

　スマホでジンに電話をかけ直しながら、キョウスケが部屋を出ていく。キョウスケは音楽の世界に戻ることができるかもしれない。

カイはそう思って、満足げな顔をした。

地下のスタジオに籠り、ジンが額に汗を滲ませてエレキギターの速弾きをしていた。その速度は人間の限界に近い。限界を常に目指すその姿勢が、天野ジンをスターにしていた。

「くそ。少しスピードが落ちてきてるな」

ギターを置き、カイが文字を残した絵を手に取って語りかける。

「来月に単独でライブすることになった。父ちゃん完全復活だ。本当はキョウスケ君とステージに立ちたかったんだけどなぁ」

ジンのスマホが振動する。キョウスケからの着信だった。すぐにスワイプして応答する。スマホ越しにキョウスケの声が聞こえた。

「ジンさん、先ほどのライブのバックバンドの件なんですが、やっぱりもう少し詳しく聞いてもいいですか？」

ジンは声のトーンを上げて返事をする。

「では会って話そうか。いつなら空いているかな？」

「今から会いに行ってもいいですか？」

「もちろんだ」

「ありがとうございます」

通話を切ったジンはスマホを片手にスタジオを後にする。

その姿はとても嬉しそうだった。

すでに雨は止み、水たまりに曇り空が映っている。キョウスケが出かけた後、カイは近くの公園に足を運び、ベンチに座っていた。エレキギターを弾きながら、鼻歌を歌っている。

「あんまりしっくりこないなぁ」

ぼやきながら色々なメロディを口ずさみ、作曲を進める。

雨が止んだことで、数人の子供達が公園に遊びにきていた。補助輪付きの自転車でやってきた子や、母親に手を引かれてきた子。

カイは彼らを眺めつつ、ギターを鳴らす。

「ら～ら～」

カイは背後から聴こえた歌声に驚いて振り返った。

「お兄ちゃんが歌ってる曲ってこれだよね？　ら～ら～ら～」

そこには、やや長めの黒髪で、デニム生地のオーバーオールを着た少女が立っていた。綺麗な長いまつ毛をぱちくりとして、まっすぐカイのことを見ている。

カイは硬直して思考を巡らせる。

この子には自分が見えているのか。どうして曲を知っているのか。生まれてきた様々な疑問を解消するために質問をする。

「キミには俺が見えるの？」

「見えるよ」

その純粋な瞳には、幽霊と生きている人間の区別がない。

「俺が歌っていた曲を知ってるの？」

「知ってるよ！　前に一緒に歌ったじゃん！」

その少女は満面の笑みで答えた。

「え？　どこで？」

カイは全く状況が理解できないまま、話を進める。

「えっとね。バス停に行ったの！　その時に、カイ君が教えてくれた歌じゃん！」

少女ははっきりと説明した。

カイは現世に戻ってくる前、確かに不思議な空間のバス停にいた。だがそこには自分以外誰もいなかったと記憶しているが……カイは自分の記憶に自信を持てず質問を続けた。

「それって……本当に俺？」

「そうだよ、カイ君だよ。忘れちゃったの？」

「忘れちゃったかもな～。名前なんだっけ？」

カイは取り繕うように明るく返す。

「アオイだよ！　カイ君変なの～」

少女はカイの問いを笑い飛ばした。カイは戸惑う。今まで経験したことのない状況をどう咀嚼すればいいのか、わからなかったからだ。

「アオイちゃん、何歳？　どこから来たの？」

カイは思わず少女を質問攻めにしてしまう。

「五歳！　家から来たに決まってるでしょ！」

「あぁ、そっか！」

コミュニケーションが得意なカイが押されていた。困惑するカイに、アオイは笑顔で近づいてくる。

「ね、カイ君、さっきの曲歌ってよ～。続きが知りたい！」

カイは事態を理解しようと努力したが、何もわからなかったので、すっぱりと諦めて歌うことにした。

「よし。じゃあ一緒に歌うか！」

二人は制作中の曲を歌い始めた。

「ら～ら～ら～」

なぜかアオイと歌っていると、まだ純粋なその歌声に導かれるように曲の続きが自然とできあがっていく。

「アオイちゃん、ありがとう！　俺、帰んなきゃ！」

いますぐキョウスケとこの曲について語りたい。キョウスケの音が聴きたい。そんな想いを抱きながら、カイはキョウスケの家の方へ駆け出した。

それを見ていたアオイは、大きく手を振り、

「カイ君、今度こそ完成させてね！」

と叫んだ。

ジンの家のリビングで、キョウスケとジンはテーブルを挟んで向かい合っていた。以前訪問した時とは違い、部屋の中は綺麗に整理されている。カーテンが開けられた大きな窓からは庭が見え、まるでモデルルームのように隅々まで美しい。

ジンは明るい表情で話を進める。

「電話でも話したが、私のバックバンドとしてライブに参加してほしいんだ」

キョウスケは神妙な顔で質問を返す。

「それってどのくらいの準備期間が必要でしょうか？」

「本番は2デイズ。リハーサルの期間を含めると約一ヶ月だな。できれば明日から始めたい。チーム作りを一からじっくりやっていきたいと思っているんだ。キョウスケ君には才能がある。だからもう一度ステージに立ってみないか？」

「一ヶ月ですか……」

「最低でもそのくらいは必要だろう。お客様に中途半端なステージを見せることは、プロとして一番やってはいけないことだからね。……私はキョウスケ君に救われた。次は私がキョウスケ君をもう一度ステージに上げてあげたいんだよ。売れるためにはタイミングがとても大切だ。もう一度ステージに立つ気があるのなら、キョウスケ君のタイミングは今なんじゃないか？　と勝手ながら思っている」

キョウスケは長考する。

カイに残された時間はあとどのくらいなのか。カイと作ると約束した楽曲への想い。このライブに出演することでアーティストとして活躍することができるかもしれない未来。それぞれの可能性について考えを巡らせるも、今自分がやりたいこと、今自分が大切に思っていること、それらの〝今〟と向き合って生きなければ、結局未来は取り繕ったものにしかならない、という答えにキョウスケは辿り着く。

「ごめんなさい。せっかくのお誘い、嬉しいんですが、お受けできなそうです」

キョウスケは深く頭を下げた。

「……そうか。わかった。キョウスケ君が深く考えた結果なんだろう。だが、人間とは迷う生き物だ。昨日こうだと思ったことも、今日になると変わっている。今日こうだと思ったことも、明日には変わっていることもあるだろう。いつでも私を頼りなさい」

キョウスケはゆっくりと顔を上げる。ジンはニッと笑っていた。

「すみません！　今、やらなくちゃいけないことがあるんです」

「そうか、頑張れよ」

と、サムズアップをしながら、ぱちりとウィンクをした。

「あ、ありがとうございます」

キョウスケはジンの家を後にし、カイのもとへ急いだ。

◇

カーテンを閉め切り、薄暗い部屋のソファに座って、カイは一人黙々とギターを鳴らしている。時折、テーブルに置かれた五線譜にメロディを書き込む。「降りてきた」という言葉があるが、それは今のような状態を指すのだろう。

部屋の鍵穴が回る音がした。

「ただいま！」

急いで帰宅したキョウスケはギターの音に気づき、カイの姿を探す。

「あれ？　カイ？」

暗い部屋で集中しているカイは、まだキョウスケの気配に気づいていない。

「え、このメロディ……」

キョウスケは急いでカイに駆け寄る。

「カイ！　そのメロ！」

いつもとは違う様子のキョウスケに驚くカイ。

「え！　何？」

「ってか、最高だよ！」

「まあね、俺、天才だから！」

二人は笑い合い、部屋の電気を点ける。

「今ならすごくいい曲できそうだよ」

と、言いながらキョウスケは電子ピアノに向かう。

「カイがさっき弾いてたメロディ、聴かせて」

「オッケー！」

カイがギターを弾き、キョウスケはピアノの音を重ねる。

高校時代に完成できなかった二人の曲。二人が積み上げてきた時間が、楽しく優しく温かい音色として紡がれていく。狭い１Kの部屋が、まるであの時の音楽室のように輝きに満ちていた。二人は手を止め目を合わせる。

「いつもキョウちゃんが歌詞書いてたじゃん？　今回は俺が書いていい？」

「珍しいね。いいよ、任せる！」

「よし！　じゃあ続き作ろうぜ！」

「おう！」

二人は最後の作曲作業を再開した。

最後に伝えたいことがあるのだろう。キョウスケはカイの提案を受け入れ、楽曲のコードやテンポを決定する作業に入っていく。

鍵盤と向き合うキョウスケを見つめ、カイは小声でつぶやいた。

「……これでいいよな」

それから三日後。テーブルの上には二人で作り上げた楽譜が置かれていた。

曲のタイトルは『Record』。カイは失われる前に自分の記憶や想いを現世に残そうと考えたらしく、カイの気持ちが赤裸々に書かれた歌詞になっていた。カイは楽譜を見つめる。

「これで完成でいいよな？」

作曲編曲の作業というのは終わりがなく、どこで満足するかは自分達次第だ。

二人はお互いの意見を確認し合う。

「わからないかも……。カイは大丈夫そう？」

「俺は大丈夫！　これ以上いじるとバランス崩れそうだし」

「そっか！　じゃあこれで完せ──」

完成と言いかけたキョウスケは思い直して口を閉ざす。それもそのはずだ。これが二人にとって、最後の一曲となってしまうのだ。

完成を宣言した瞬間、カイが消えてしまうのではないかという不安に襲われる。そんなキョウスケの気持ちを汲み、カイはある提案をした。

「最後に一ついい？」

「なに？」

「最後に、一緒に……かに玉食べたい」

その提案を聞いて、キョウスケは微笑む。

「うん、食べにいこう」

キョウスケはテーブルに置かれた財布をつかんで立ち上がる。しかし、カイは全く動かず、視線を一点に集中させて固まっていた。

「ねえ、キョウちゃん」

「なに？」

「──俺、なんでかに玉を食べたいんだろう？」

キョウスケは絶句する。すぐに、カイの記憶の一部が消えたのだと気づいた。今までとは違い、ゆっくりと忘れていっているようだ。

「かに玉……なんで、かに玉なんだ？」

頭を抱え、必死に思い出そうとするカイ。キョウスケは慌てて説明する。

「かに玉！　俺たち二人でかにたまってユニット組んでたじゃん！　お金なくて、具なしのかに玉食べてたじゃん！」

カイは頭をかきむしる。かに玉が大切なものだということはなんとなく覚えているようだが、説明を聞いても理解できないようだ。

「とにかく、リンリンに行こう！」

カイの手を引っ張って家から連れ出す。タイムリミットが近い。カイの手をつかんだキョウスケの手は震えていた。

◇

八月も終わりに近づいた。外はまだ暑く、走ると相変わらず汗が噴き出す。Tシャツを汗で濡らしたキョウスケは、中華料理店リンリンの引き戸を勢いよく開けた。

「すみません！」

店内は賑わっていて、忙しそうなユイが振り返る。

「キョウちゃん？ すごい汗！ どうしたの？」

驚いた表情のユイを無視して店内を見渡すキョウスケ。客は十人ほどいたが、いつもカイと座っていた四人がけの席はちょうど空いていた。

カイを引っ張って、強引に横並びに座る。

「ユイ！ 具なしかに玉二つ！」

キョウスケは切羽詰まった様子でユイに注文を告げる。

「え、どういうこと？ 具なしかに玉を二つも？ ってか、あれは特別メニューだから――」

「いいから！ 頼むよ！」

ユイの言葉を遮ってキョウスケは叫ぶ。

カイは何がなんだかわからず、大人しく黙って見ていた。

「どうしたの？　説明してよ」

困惑したようにユイが訊ねる。

「お願いだよ！　あとで説明するから！　急いでるんだ！」

理解はできなかったが、キョウスケの慌てた顔と珍しく声を張り上げている様子から大事なことなのだろうと判断し、ユイは指を丸めてオッケーサインをキョウスケに向ける。

「お父さん！　具なしかに玉二つ！」

「はいよー」

厨房の奥からユイの父親の大きな返事が聞こえた。

キョウスケは周囲に気づかれないようにカイにささやく。

「もう少し待ってて」

カイは頭の上に疑問符を浮かべながらも、微笑んで返した。

「なんかよくわからないけど、待ってるわ」

こうしている間にも、キョウスケとの思い出が消えていっているのだろうか。カイは言葉にしないので、キョウスケは不安になる。

そう時間がかからずに、ユイが両手に具なしかに玉を一つずつ持って近づいてきた。

「キョウちゃん、お待たせ」

そう言いながらユイは、昔の癖で、キョウスケの前とカイがよく座っていた席の前に一つずつかに玉を置いた。

「あ、ごめん。変な風に置いちゃった」

すぐに気づいて皿の位置を直そうとするユイを、キョウスケが制止する。

「いや、ありがとう！　このままでいいんだ。いただきます」

カイは具なしかに玉をじっと見つめていた。

「俺、これを食べたかったの？　ぜんぜん美味しそうじゃないけど……」

「とにかく食べろ」

「はいよ。いただきます」

カイはスプーンでかに玉をひと掬いして口に運んだ。出来立てのかに玉からは綺麗な湯気が立っていて、餡かけが輝く。

「ん？　これ……」

一口味わった瞬間、カイの頰を涙が一雫伝った。

「なんかわからないけど、懐かしくて美味しい……」

キョウスケはそんなカイを眺めて安心し、自分のかに玉をかき込む。ユイはその様子を不思議そうに見ていたが、声をかけることはしなかった。カイの気配を無意識に感じ取っていたからかもしれない。

「カイと食べると最高に美味いな……」

キョウスケはそっとつぶやく。

二人は黙々と嚙みしめるように、かに玉を食べ続けた。

二人はかに玉を食べ終えて店を出る。空は雲一つなくなっていて、強い日差しが二人を照らした。カイは満足そうな顔で歩きながら、キョウスケに向かって言う。

「ご馳走様。あのさー、なんとなく自分でも気づいてるんだけど。俺、もうすぐ消えるよな」

「……」

キョウスケはその言葉を聞いた瞬間に、寂しさと不安で心臓をつかまれたような感覚になった。空を見上げながら、カイは軽いトーンで続ける。

「やっぱりキョウちゃんには、人前に立ってピアノを弾いたり、大きな会場で歌ったりしてほしいな！」

キョウスケは足を止める。

「帰ろう」

キョウスケとカイは言葉を交わさずに部屋まで戻ってきた。お互いが何かを思って、どのように話を切り出せばいいのか、相手が何を思っているのかを探り合っている。

キョウスケが部屋のカーテンを開けると、西日が部屋に射し込んだ。

「キョウちゃん、ピアノのところに座って」

カイが神妙な表情でキョウスケに指示をする。

「う、うん」

キョウスケは言われるがまま、ピアノの椅子に腰かける。カイはソファに座って話を始めた。

「さっきも言ったけどさ。キョウちゃんはステージに立って音楽を続けるべきだ。それが俺の最後の望み。だから、俺のことで立ち止まってほしくない」

キョウスケはカイと目を合わせずに言葉を返す。

「俺はやっぱり、カイと一緒じゃなきゃ無理だよ。カイと一緒に歌うのが好きで、カイと一緒に音を合わせるのが好きなんだ」

その答えを聞いて、カイは嬉しそうに微笑む。

「俺も一緒にいたいよ。正直に言うとさぁ。キョウちゃんとこうしてまた会えて、すげー楽しかった。でも同時に早く生まれ変わって、もう一度この世界で生きたいとも思うようになった。納得してよ」

キョウスケは下を向き、暗い声色で言う。

「……勝手だよ。勝手に幽霊になって、あれこれ乱して、最後は放っていなくなるのかよ。カイが死んでショックだったよ。本当に落ち込んだ。でもさぁ、それなりに生きてたんだよ」

「それなり？　そんなの死んでるのと同じだよ。傷つかないように、周りと関わらないように。思い出さないように、人と話さないように。そんなのは生きてるって言わないでしょ！　生きるってさぁ、ただ存在すればいいわけじゃない。ちゃんと夢があって幸せを感じて、上手くいかないことがあっても仲間に励ましてもらったり、上手くいっていない仲間を励ましたり！　俺はそうやって生きたかった！」

カイは感情的に叫ぶ。キョウスケも対抗するように声を荒げた。

「それは理想だよ！　現実はそうじゃない！　傷ついたら人と関わりたくなくなる。悲しいことや嫌なことからは逃げたくなるよ！」

「理想かもしれないけどさ！　生きてれば、その理想を実現できる可能性があるんだよ！　毎日好きなもの食べて、好きな人と会話して！　そして音楽を作って……」

「……」

カイはギターを持ち上げて、ストラップを首にかける。

「キョウちゃん、最後に一曲やろう。俺たちの新曲」

「……」

キョウスケは震えている。カイはニッと笑顔を見せた。

「あ！　一つカッコいいこと言っていい？」

「え？」

「――未練残すな、名を残せ！」

その言葉を聞いたキョウスケは、つい鼻で笑う。

「ダサッ」

カイも声を上げて笑った。

「ダサいけどさぁ。ダサくても挑戦してるヤツが一番カッコいいと思うから！　キョウちゃんもダサくなったっていいじゃん！　楽しかったらさ！」

「……そうかもね」

「じゃあ、一つ約束してよ。俺たちが作ったこの最後の曲を、世界一有名な曲にして」

カイは真摯な瞳でキョウスケを見つめ、そう言った。

「そんなの無理だよ」

「あー！　また無理とか言う！　やってみなきゃわかんねーじゃん！　ね、約束！」

「できる限り頑張ります」

キョウスケが苦笑して答えると、カイはさらに何かを思いついたように手を叩く。

「それともう一つ約束！　生まれ変わったら、俺は絶対に音楽やるからさ。その時はもう一度、一緒に曲作ろう！」

「俺は何歳になってんだよ！」

「いくつになっても作曲はできるから！」

「わかった」

「……」

「……」

二人の騒がしいやりとりは終了し、カイはピックをギターの弦にかけた。

「それじゃ、始めるよ」

真剣な様子で頷くキョウスケ。

そうして、かにたまの最後の曲『Record』の演奏が始まった。

キョウスケは涙を流し、震える声で歌う。時折鼻をすする音が混じった。カイはいつものニッとした笑顔で激しくギターを鳴らす。そのギターの音は天国まで届きそうなほど大きい。

キョウスケは、カイが歌って演奏する姿を忘れることがないように、横目で瞳に焼きつける。キョウスケからカイへ、カイからキョウスケへ。互いに歌のバトンを渡し合い、かにたまは想いをぶつけ合うように歌い上げていく。

「忘れてたまるか」

カイは小さい声でつぶやき、キョウスケの歌声をしっかりと聴く。

交互に歌うメロディは華やかで美しい。二人は微笑み、ユニゾンで歌う。

唯一無二の二人のハーモニーは、この世とあの世の境界のメロディとなって、世界は音に包まれる。

言葉はなくても、歌と演奏で対話をしていた二人。

彼らはお互いの「これから」について語っていた。その内容は二人にしかわからない。

「キョウちゃん」

「ん？」

涙でぐしゃぐしゃになった顔でキョウスケが反応する。

カイはニッと笑った。

「またね」

その瞬間に演奏が終わる。そして、カイの姿が消えた。

「おう、またね」

きっと、カイはキョウスケのことを忘れてしまっただろう。

だがキョウスケはカイと再会した日々のことを、永遠に忘れない。

記憶があってもなくても、最後に残した音楽が消えることはない。

空と海が鏡合わせになったような、幻想に満ちた世界。

空と海の澄んだ青が互いに混ざり合って、どこまでも続いている。

水面に映った輝く太陽はとても鮮明で、海の中に実物が沈んでいるのではないかと思うほどだ。

水面に浮かんでいるようにバス停が存在している。

バス停のベンチにアコースティックギターの弾き語りをしている金髪の青年。

彼は『Record』を歌っている。

正確なアルペジオの音。完成された曲が響き渡る。

一台のバスがバス停に近づいてくる。

金髪の青年は演奏を終え、ニッと笑い立ち上がった。

「さぁ、行くか！」

あとがき

はじめましての方、そしていつも応援して下さっているあなた、宮田俊哉です。『境界のメロディ』を手に取って頂き、本当にありがとうございます。

本作は僕のデビュー作です。知っている方もいらっしゃると思いますが、僕は普段アイドルとして活動をしています。

小学校6年生の頃にアイドルという人生を始め、生活のほとんどをアイドルにぶつけてきました（アニメは見続けていましたが……）。その為、本の書き方がわからず、30歳を過ぎて0から学んで書き始め、こうして出版に至るまでになりました。当たり前の事ですが、アイドルの仕事は絶対に手を抜かない！　それができないならこの企画は中止だ！　その覚悟を持ち続け、書き終えました。まずは自分を褒めてやりたいと思います。

（良くやった！　すごいぞ！　高級腕時計でも買っちゃえよ！　それくらいは頑張ったぞ！）

あっという間に褒め終わりました。

僕が伝えたい事は、年齢なんて関係ない。やりたいと思った時、挑戦したいと思った時がベストだという事です。僕はこの一冊を持って次のステージ、アニメ化に向かって進みたいと思います。それが何年先なのか、現実になるのかは全くわかりませんが、言葉にする事が大切だと思っています。

夢を叶える一番の近道は言葉にする事ですから。

この作品は完全にフィクションです。でもね、フィクションを作るという事は凄く難しくて。書き始めたばかりの頃、自分は良いと思って書いたものですが、読み返したりする度に何かが足りない。つまらない。それは何だろう？　と考えました。その結果、説得力がないという事に気が付き、何度も自分が納得できるまで書き直しました。その為、自分が見て感じた事や、挫折しそうになった事、自分が本当に嬉しかった事。そんな僕の経験から生まれるものを、僕が納得できる様に作り上げました。

登場人物に関しても、キョウスケ、カイ、ユイちゃん、サムライアー、天野ジンには僕の魂の一部を分け与え、構築していきました。こんなヤツがいたら良いなぁ。こんな先輩がいたら良いなぁ。こんな後輩がいたら楽しいなぁ。と自分の理想と経験から生み出してきました。

まずは、カイについてですが、こんな後輩がいたら楽しいと思える人物を構築していくにつれて、僕の頭の中で佐久間大介という男の声が聞こえました。僕にとって初めて自分を慕ってくれた後輩です。アイドルとしては4年後輩のこの男、初めての会話は、

「宮田く〜ん！　僕もアニメ好きなんですよ〜」

「おぉ。そうなんだ！」

その瞬間に仲良くなりました。なにせ、2000年代はアニメが好き＝キモいというイメージでしたから、そんな時代でも好きなものは好きと言える仲間がいる事がとても嬉しかったんです。時は流れ、アニメ好き＝キモいという風潮は消え、僕はバラエティ番組などに沢山呼ばれるようになっていく中で、どうにもスケジュールの調整ができない、お断りするしかない。そんな時に「佐久間がいるよ！」と会社に話したりして相当頼ってしまい負担をかけたなぁ……と今でも思います。ありがとう。

「宮田くんが作った畑を僕が耕す！」と言ってくれた一言は本当に嬉しかったです。そんな佐久間大介がカイの声を担当してくれて良かったなぁと思います。

そして、キョウスケは、伊東健人くんにお願いしました。

ドラマCDを制作する事が決まり、キョウスケは誰が良いのだろうか……と悩んでいた時に、バラエティ番組で伊東くんと共演する機会があり、そこでの立ち回り、声のトーンがまさにキョウスケと重なったのです。

僕はアシスタントMCというスタジオを俯瞰で見て、あまりトークをしていない方に話を振ったりする役目だったので、特に人を見ていたのだと思います。収録を終えて、すぐに『境界のメロディ』のチームに連絡をしました。

「キョウスケを見つけた！」

そこから、友人を辿って伊東くんの連絡先を聞き、直接オファーをしたのですが、伊東くんの反応は……、

「事務所に確認して、スケジュールがハマればお願いします」

まさにキョウスケの反応で僕のテンションが爆上がりでした。

そんな形で、宮田俊哉の人生初の小説とドラマCDができ上がりました。佐久間、伊東くん、本当にありがとう。いつかアニメ化した時は本当に二人で曲作ってくれたら素敵だなぁ。とぼんやり思っています。

まだまだ、書きたい事が止まりません。もう少しお付き合いください。

次はユイちゃんですが、全てを結ぶキャラクターが欲しかったのです。漢字で表現するならば「結」です。エヴァンゲリオンの碇ユイから取った訳ではないですよ。キョウスケとカイを結ぶ存在。彼女がいる事によって物語が華やかになったと思います。

サムライアーは、この物語で一番カッコいいヤツらになれば良いなぁと思い、一番キャラクターの設定にこだわりました。SOME LIAR。音楽に対して嘘をついてしまったという意味合いを込めました。そして彼らには僕の憧れをギューギューに詰め込みました。3人それぞれが仲間を想うがあまり、すれ違ってしまう。きっと僕自身がグループで約20年活動しているからこそ表現できたのかなぁ、なんて思います。名前にも意味が込められているので見つけてみてね。

ジンさんはこんな大人になりたいという理想が詰まっています。僕はステージに立ってパフォーマンスをする事が本当に好きで。何歳になってもステージに立ちたい！　伝説のアイドルになりたい！　という想いが彼には込められています。20年後、30年後も柔軟に、華やかにステージに立つ！　という自分の決意ですね。

カイとキョウスケ、ユイ、サムライアー、ジンさんの話は尽きないので一旦この辺で。

この一冊ができ上がるまでには、メディアワークス文庫の皆様（特に編集担当の方）には沢山苦労をかけたと思います。改めてありがとうございます。

　イラストを担当してくれたLAMさんにも本当に苦労をかけました。LAMさんは僕の希望で、スケジュールも大変な中での作業だったと思うのですが、この作品に真摯に向き合ってくださって、愛してくれた事がとても嬉しかったです。

　ドラマCDの音楽を担当してくれた藤永龍太郎（ふじながりゅうたろう）くんはオタク友達でもありますが、それ以上に彼の才能がこの作品を華やかにしてくれると思いお願いしました。

　今度、みんなでデロデロに褒め合いましょう！　笑

　本当に宮田俊哉は人に恵まれている……いつかみんなに恩返しをしなくてはいけませんよね。僕にできることがあったら何でもやりたいと思います！

　そして、この作品の今後についてですが、サムライアーがロンドンに旅立った後のスピンオフ作品とか書いてみたいなぁ……なんて、思っています。ただ僕自身ロンドンに行った事がないので書けるかわかりませんが。サムライアーが旅立つのは何処（どこ）が良いんだろう、と考えインターネットで色々と調べている中でロンドンにストリート

パフォーマーが沢山いる通りを見つけたんですよ！　実際足を運んで取材できたら良いなぁと思っています。ワクワクする事が止まらないですね！　毎日ワクワクできる何かを見つけながら生きるって素晴らしいですよね。

読者の皆様も、毎日ワクワク楽しく過ごしてほしいなぁと思います。

この作品に限らず別の物語を作りたいと思うかも知れません。何を思うかは自由ですから。ただ、自由の中にもルールがあって、その中でエンターテイメントを創れるように、自分を見失わないように進まなくてはいけない、という事を常に心に持つことが大切なのかもしれません。

最後になりますが、この作品を書きながら、仲間って本当に素晴らしいと思いました。

僕には、Kis-My-Ft2という仲間がいて、応援してくれるファンのみんながいる。みんな僕の好きな人です。

この作品は夢の第一歩です。

誰だって夢は叶う！

最後まで読んで頂きありがとうございました。

いつもありがとう。

宮田俊哉

<初出>

本書は書き下ろしです。

この物語はフィクションです。実在の人物・団体等とは一切関係ありません。

【読者アンケート実施中】

アンケートプレゼント対象商品をご購入いただきご応募いただいた方から抽選で毎月3名様に「図書カードネットギフト1,000円分」をプレゼント!!

https://kdq.jp/mwb

パスワード

nymz2

■二次元コードまたはURLよりアクセスし、本書専用のパスワードを入力してご回答ください。

※当選者の発表は賞品の発送をもって代えさせていただきます。 ※アンケートプレゼントにご応募いただける期間は、対象商品の初版(第1刷)発行日より1年間です。 ※アンケートプレゼントは、都合により予告なく中止または内容が変更されることがあります。 ※一部対応していない機種があります。

メディアワークス文庫

【ドラマCD付き特装版】境界のメロディ

宮田俊哉

2024年5月25日　初版発行
2024年6月10日　再版発行

発行者　山下直久
発行　株式会社KADOKAWA
〒102-8177　東京都千代田区富士見2-13-3
0570-002-301（ナビダイヤル）
装丁者　渡辺宏一（有限会社ニイナナニイゴオ）
印刷　株式会社暁印刷
製本　株式会社暁印刷

※本書の無断複製（コピー、スキャン、デジタル化等）並びに無断複製物の譲渡および配信は、著作権法上での例外を除き禁じられています。また、本書を代行業者等の第三者に依頼して複製する行為は、たとえ個人や家庭内での利用であっても一切認められておりません。

●お問い合わせ
https://www.kadokawa.co.jp/（「お問い合わせ」へお進みください）
※内容によっては、お答えできない場合があります。
※サポートは日本国内のみとさせていただきます。
※Japanese text only

※価格は外箱に表示してあります。
※本書付属ディスクは、図書館及びそれに準ずる施設において館外貸出・館内閲覧を行うことはできません。

© Toshiya Miyata 2024
Printed in Japan
ISBN978-4-04-915498-6 C0193

メディアワークス文庫　https://mwbunko.com/

本書に対するご意見、ご感想をお寄せください。

あて先
〒102-8177　東京都千代田区富士見2-13-3
メディアワークス文庫編集部
「宮田俊哉先生」係

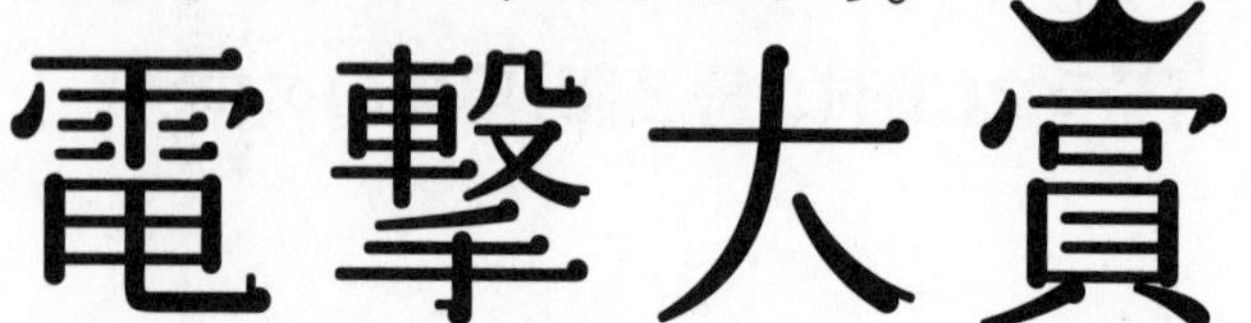

自由奔放で刺激的。そんな作品を募集しています。受賞作品は「電撃文庫」「メディアワークス文庫」「電撃の新文芸」などからデビュー!

上遠野浩平(ブギーポップは笑わない)、
成田良悟(デュラララ!!)、支倉凍砂(狼と香辛料)、
有川 浩(図書館戦争)、川原 礫(ソードアート・オンライン)、
和ヶ原聡司(はたらく魔王さま!)、安里アサト(86―エイティシックス―)、
瘤久保慎司(錆喰いビスコ)、
佐野徹夜(君は月夜に光り輝く)、一条 岬(今夜、世界からこの恋が消えても)など、
常に時代の一線を疾るクリエイターを生み出してきた「電撃大賞」。
新時代を切り開く才能を毎年募集中!!!

おもしろければなんでもありの小説賞です。

大賞 …………………… 正賞+副賞300万円
金賞 …………………… 正賞+副賞100万円
銀賞 …………………… 正賞+副賞50万円
メディアワークス文庫賞 ……… 正賞+副賞100万円
電撃の新文芸賞 …………… 正賞+副賞100万円

応募作はWEBで受付中! カクヨムでも応募受付中!

編集部から選評をお送りします!
1次選考以上を通過した人全員に選評をお送りします!

最新情報や詳細は電撃大賞公式ホームページをご覧ください。
https://dengekitaisho.jp/

主催:株式会社KADOKAWA